# 要求特別多的餐廳

注文の多い料理店

宮澤賢治
劉子倩 譯

# 目次

## 輯三 森林的善惡

# 序言

我們即使不能盡情擁有冰糖，亦可品嘗澄澈的清風，啜飲粉桃色的絢麗晨光。

而我也經常在田野及森林中，看到破爛的衣物變成最美麗的天鵝絨或毛呢大衣與鑲嵌珠寶的華服。

我喜歡那樣美麗的食物和衣物。

我的這些故事，全是在森林、原野及鐵軌邊，從彩虹與月光得來的。

其實，如果獨自經過柏樹林的藍色傍晚，或者哆嗦著佇立於十一月的山風中，一定會自然而然產生這種心情。總覺得好像真有這種故事發生，而我只不過如實紀錄下來罷了。

因此，這些故事中，或許有些對您有所啟發，也有些可能看過就算了，於我，不大能分辨箇中差別。或許也有些篇章讓人看得莫名其妙，但那種地方，其實我自己也莫名其妙。

然我真心期盼，最後，這些小故事中，或有隻字片語能夠成為您真正的精神食糧。

宮澤賢治

# 輯一　土地與和平

# 橡子與山貓

某個週六的傍晚，一郎家收到一張奇怪的明信片。

兼田一郎先生　九月十九日

得知您心情愉快，非常好。

明天有一場麻煩的裁決，請來一趟。

請勿帶飛行工具。

山貓[1]敬上

內容如上。字跡很醜，墨汁淋漓甚至染黑了手指。但一郎非常開心。他偷偷把明信片藏進書包，在家中蹦蹦跳跳。

鑽進被窩後，一郎想到山貓喵喵叫的花臉，還有那個據說很麻煩的裁決，

1 山貓，除了本篇，也在〈要求特別多的餐廳〉出現的「山貓」，是帶有特殊妖怪性的幻想中的生物，可以藉此窺知其宮澤賢治寫實的想像力與民間傳說的根柢有一定關連。

直到很晚都睡不著。

然而，一郎一覺醒來時已天色大亮。出門一看，周遭的山脈好似剛冒出來般青翠茂密，聳立在蔚藍晴空下。一郎匆匆吃完飯就獨自沿著溪畔小徑向上游走去。

清爽的山風倏然吹來，栗子從樹上紛紛掉落。一郎仰望栗樹，「栗樹，栗樹，山貓有沒有經過這裡？」他問。

栗樹稍微安靜了一下，「山貓今天一大早就坐馬車朝東邊奔去了。」栗樹回答。

「東邊就是我正要去的方向吧，奇怪，不管怎樣先繼續走走看吧。栗樹，謝謝你。」

栗樹沉默著又紛紛掉下果實。

一郎走了一陣子，眼前已是吹笛瀑布。所謂的吹笛瀑布，是在雪白的岩壁中段有個小洞，溪水就從那個洞口發出笛音噴出形成瀑布，就這樣轟隆隆墜落溪谷。

一郎朝瀑布大喊：

「喂，吹笛，山貓有沒有經過這裡？」

瀑布嗶嗶發出笛音回答：

「山貓剛才坐馬車朝西邊奔去了。」

「奇怪，西邊不就是我家的方向嗎？不過，還是再繼續走走看吧。吹笛，謝謝你。」

瀑布又像之前一樣繼續吹笛子。

一郎又走了一會，只見一棵山毛櫸[2]樹下，許多白色野菇正在叮叮咚咚演奏奇怪的音樂。

一郎彎下腰問道：

---

2 山毛櫸（Fagus crenata），通常生於亞高山，在北方也生於平地的落葉喬木，自古以來就是構成日本原生林的樹種。

「喂，野菇，山貓有沒有經過這裡？」

結果野菇回答：

「山貓今天一大早就坐馬車朝南邊奔去了。」

一郎歪頭不解。

「南邊是通往那座山裡。奇怪了。不過還是再走走看吧。野菇，謝謝你。」

野菇好像都很忙碌，叮叮咚咚繼續演奏奇怪的音樂。

一郎又走了一會。這時一隻松鼠咻地跳上核桃樹梢。一郎立刻招手攔下松鼠問，

「喂，松鼠，山貓有沒有經過這裡？」松鼠聽了，站在樹上把手遮在額前，看著一郎回答：

「山貓今天一早天還沒亮就坐馬車匆匆趕往南邊了。」

「去了南邊？在二個地方都聽到這麼說實在很奇怪。不過我還是繼續走走

看吧。松鼠，謝謝你。」松鼠已經不見了。只見核桃樹最頂端的枝椏晃了一下，旁邊的山毛櫸葉片倏然閃光。

一郎又走了一會，溪畔小徑越來越窄終於消失。溪澗南邊通往漆黑的榧樹[3]林那頭，出現一條新的小徑。一郎沿著那條小徑上行。榧樹的枝椏黑壓壓地交錯重疊，看不見一絲藍天，小徑已變成陡峭的坡道。一郎滿臉通紅，汗流浹背地爬上坡後，眼前豁然開朗，光線刺痛眼睛。原來這是一片美麗的金色草原，小草隨風沙沙作響，周圍有蔥鬱的橄欖色榧樹林環繞。

草地中央，一名外型古怪的矮小男人屈膝手拿皮鞭，默默望著一郎這邊。

一郎逐漸走近，驚訝地停下腳。因為那個男人是獨眼，失明的那隻眼是白色的，不停抽動。他的上身穿著似外套似短褂的奇怪服裝，而且雙腳嚴重彎曲像山羊，尤其是腳尖，好似舀飯的飯杓。一郎覺得毛骨悚然，但他還是強裝平

3 日本榧樹（Torreya nucifera），紅豆杉科，山地野生的常綠喬木，葉片濃綠帶有光澤，高度可達二十公尺以上。

靜問道：

「請問你認識山貓嗎？」

那個男人聽了，斜眼望著一郎，撇嘴嘻笑說：

「山貓閣下很快就會回到這裡。你是一郎先生吧。」

一郎吃了一驚，不由後退一步，

「對，我是一郎。不過，你怎麼知道？」他說。結果那個怪模怪樣的男人越發嘻皮笑臉。

「那你一定看了明信片唄。」

「我看了。所以才會來。」

「那封信寫得很差勁唄。」男人低頭悲傷地說。一郎心生同情，

「不會啊，寫得應該算是相當不錯喔。」

聽他這麼一說，男人很高興，激動地喘著粗氣，連耳朵都紅了，連忙敞開衣服領口讓風吹進身體，

「字跡也相當不錯嗎？」他問。一郎不禁笑了出來，一邊回答：
「很棒。就連五年級學生都寫不出那樣的字。」
男人聽了，忽然臉色一沉，
「你說的五年級學生，是小學五年級吧。」他的聲音聽起來有氣無力太可憐了，於是一郎慌忙說：
「不是，是大學五年級。」
男人這才又高興起來，笑得合不攏嘴，嘻嘻笑著大喊：
「那張明信片就是我寫的喔！」
一郎強忍笑意，問道：
「請問你到底是甚麼人？」
男人頓時一本正經說：
「我是山貓閣下的馬車夫。」
這時吹來一陣狂風，草浪隨之起伏，馬車夫忽然彬彬有禮地鞠躬。

一郎覺得奇怪，轉身一看，只見山貓穿著黃色外褂，瞪著渾圓的碧眼站在那裡。一郎暗想，山貓的耳朵果然是尖尖豎起的啊。這時山貓朝他一鞠躬。一郎也鄭重回禮。

「啊，你好，謝謝你昨天寄明信片來。」

山貓把鬍鬚一扯，挺起肚子說：

「你好，歡迎光臨。其實打從前天就發生了麻煩的爭執，我正愁不知如何裁決，所以想請教一下你的意見。請坐下好好休息。橡子們應該馬上就到了。每年為了這個裁決真是傷透腦筋。」山貓說著，從懷中取出一盒紙捲菸，自己先叼了一根，然後遞給一郎，

「要不要來一根？」

一郎嚇一跳，回道：

「不用了。」山貓仰頭哈哈大笑，

「哼哼，你年紀還小嘛。」說著擦亮火柴，刻意老氣橫秋地皺起臉，呼地

吐出一口青煙。山貓的馬車夫保持立正的姿勢站得筆直，但是看起來就一副想抽菸卻強忍菸癮的饞樣，還不停掉眼淚。

這時，一郎腳下響起鹽巴爆裂那種劈哩啪啦聲。他吃驚地彎腰一看，草中到處都有金色的圓形物體閃閃發光。再仔細一瞧，原來都是穿著紅褲的橡子，說到數目之多，恐怕超過三百顆。大家哇啦哇啦好像在說些甚麼。

「啊，他們來了。像螞蟻一樣成群結隊來了。喂，快點搖鈴。今天那裡的陽光最好，把那一塊的草割一割。」山貓把紙菸隨手一扔，匆匆吩咐馬車夫。馬車夫也很慌張，連忙從腰間取出一把大鐮刀，唰唰唰地開始割山貓面前的草。這時橡子從四面八方的草叢中閃亮亮地蹦出來，哇啦哇啦七嘴八舌。

馬車夫接著又叮叮噹噹搖鈴鐺。聲音噹噹噹地響徹榧樹林，金色橡子這才稍微安靜下來。再看山貓，不知幾時已換上黑色緞面長袍，煞有介事地坐在橡子前面。一郎暗想，這種畫面看起來簡直像是民眾參拜奈良大佛嘛。車夫接著又啪啪啪甩動兩三下皮鞭。

天空蔚藍無垠，橡子金光閃閃，看起來實在很美。

「今天這已是第三天裁決了，你們何不趕快握手言和算了。」山貓有點擔心，卻還是強裝威風地說。橡子們聽了紛紛大喊大叫：

「不不不，不行，不管怎麼說都是尖頭最了不起。而我就是頭最尖的。」

「不對，才不是那樣。圓頭的才厲害。最圓的就是我。」

「越大越好啦。大塊頭才是最棒的。我就是最大的，所以我最棒。」

「不對不對。我的塊頭更大，昨天法官不是也說過嗎。」

「那樣不對啦。要選個子高的。個子高才厲害。」

「要選力氣大的啦。就用互推比賽來決勝負吧。」

大家嘰嘰喳喳吵吵鬧鬧，簡直像是戳到馬蜂窩，吵得頭都快暈了。這時山貓終於大吼：

「吵死了！你們知道這是甚麼地方嗎！安靜！安靜！」

車夫啪地又甩了一下皮鞭，橡子這才安靜下來。山貓捻著鬍鬚說：

「今天這已是第三天裁決了。你們何不握手言和算了。」

結果橡子們聽了七嘴八舌說：

「不不不，不可以。不管怎麼說都是尖頭最厲害。」

「不對，才不是。圓頭的最厲害。」

「不對啦。塊頭大的才好。」嘰嘰喳喳吵吵鬧鬧，吵得人頭暈腦脹。山貓再次大吼：

「閉嘴！吵死了！你們知道這是甚麼地方嗎！給我安靜點！」

車夫啪地又甩了一下皮鞭。山貓捻著鬍鬚說：

「今天這已是第三天裁決了。你們何不握手言和算了。」

「不行不行，不可以。尖頭的才是……」大家又嘰嘰喳喳吵起來。

山貓大吼：

「吵死了！你們知道這是甚麼地方嗎！安靜！安靜！安靜！」

車夫啪地甩了一下皮鞭，橡子全都安靜了。山貓悄悄對一郎說：

「你也看到這情況了。你說該怎麼辦才好？」

一郎笑著回答：

「既然如此，不如這麼說吧。『這當中最笨、最誇張、最不像話的，就是最厲害的。』這是我聽大人說教時聽來的。」

山貓恍然大悟地點點頭，然後端起架子，敞開緞面長袍的胸口，稍微露出黃色短褂，對橡子們宣布：

「聽著。都給我安靜。我現在宣布。在這當中，最不厲害、最笨、最誇張、最不像話、一腦袋漿糊的傢伙，就是最了不起的。」

橡子們聽了當下鴉雀無聲。是真的無聲無息，再也不敢吭聲。

於是山貓脫下黑色緞面長袍，抹去滿頭大汗，拉起一郎的手。車夫也很開心，啪啪甩了五、六下皮鞭。山貓說：

「謝謝你的幫忙。這麼麻煩的裁決，你只用一分半鐘就替我解決了。今後請你擔任我這法院的名譽法官。下次如果我再寄明信片給你時，能否請你再來？每次我都會送上謝禮。」

「沒問題。用不著給甚麼謝禮。」

「不行，請你一定要收下謝禮。這關係到我的人格。今後，我會在明信片上注明兼田一郎閣下收，我這邊就署名法院，你看可以嗎？」

一郎說，「好啊，無所謂。」山貓好像還有話想說，捻著鬍鬚半晌，不停眨巴著眼，最後似乎終於下定決心開口：

「還有，關於明信片的內容，下次我就寫有某某要事，請你明日速來到案說明，你看如何？」

一郎笑著說：

「這樣好像有點怪怪的。最好不要這麼寫。」

山貓覺得自己好像說錯話，非常遺憾地捻著鬍鬚，低頭沉默半晌，最後才死心地說：

「那麼，內容還是照之前那樣寫好了。對了，關於今天的謝禮，黃金橡子一升和鹽漬鮭魚頭，你比較喜歡哪一樣？」

「我喜歡黃金橡子。」

山貓似乎覺得一郎沒有選鮭魚頭真是太好了，立刻吩咐車夫：

「快去拿一升橡子來。不足一升的話，就再摻點鍍金的橡子。快點。」

車夫把剛才那些橡子放入量杯，量好了以後大喊：

「正好一升！」

山貓的外褂被風吹得啪啪響。這時山貓伸個大懶腰，閉眼打個小呵欠說：

「好，快去準備馬車。」白色大蘑菇做成的馬車被拉出來。而且拉車的還是鼠灰色外型很奇怪的馬。

「好了，這就送你回家吧。」山貓說。二人上了馬車，車夫把那一升橡子放入馬車中。

車夫啪地揚鞭。

馬車離開草地。車外的樹木草叢如煙霧飄移。一郎看著黃金橡子，山貓一臉恍惚凝視遠方。

隨著馬車前行，橡子的光芒逐漸黯淡，不久馬車停下時，已變成普通的褐色橡子。而山貓的黃色外褂、車夫、蘑菇馬車，也全都消失了，只剩一郎捧著裝橡子的盒子站在自家門前。

後來，山貓再也沒有寄明信片來。一郎有時會想，早知如此，當初就該跟他說，明信片上寫「速來到案」也無妨。

# 狼森與笊森、盜森

在小岩井農場[1]的北邊，有四座黑色的松林。最南邊是狼森[2]，其次是笊森[3]，接著是黑坂森[4]，北邊的外圍是盜森[5]。

關於這些森林是甚麼時候形成的，為何會有如此奇特的名稱，黑坂森中的巨岩說，打從一開始就只有他一個人最清楚這些典故，某日，他驕傲地告訴我這個故事。

很久很久以前，岩手山[6]屢屢噴火。火山灰把周遭都掩埋了。這塊黑漆漆的巨岩，據說也是當時從山上噴飛，才會落到現在這個地方。

噴火終於停止後，原野與山丘從南方開始漸漸長出有穗的草和無穗的草，最後那一整片滿是野草叢生，接著又長出松柏，最後，就有了現在這四座森林。但當時森林尚無名字，只是各自以為「我就叫作我」。結果到了某年秋天的某一天，清涼如水的寒風吹得柏樹的枯葉沙沙作響，流雲在岩手山頂的銀冠落下清晰的黑影。

四個身穿蓑衣的農民，身上緊緊綁著開山刀或釘耙、鋤頭這些山間野地需要用到的武器，越過東邊嶙峋的燧石山[7]，吃力地來到這個森林環繞的小原野。仔細一看，大家也佩帶了大刀。

領頭的農民對著周遭宛如幻燈片的風景指指點點，告訴大家：

「怎麼樣，這是個好地方吧？可以立刻開闢農田，離森林又近，也有乾淨的溪水流經。而且日照充足。你們覺得如何？我老早就已看中這裡了。」

另一名農民說：「就是不知土質如何。」說著彎腰拔起一根芒草，把根部

---

1 小岩井農場，位於盛岡市西方，跨越雫石町、瀧澤村，佔地約二千六百公頃（現在），是遼闊的歐式農場。建於一八九一年。取創始者井上勝、出資者岩崎彌之助、後援者小野義真三人的姓氏縮寫命名為小岩井。這個位於岩手山南麓農場的自然環境，具有歐式經營及景觀，是賢治多數作品的舞台。

2 狼森，此處的「森」是指樹木茂密隆起的丘陵或山。狼森位於小岩井農場北方，是赤松茂密的山丘，高三百七十九公尺。

3 笊森，位於狼森西北方約一・五公里處。

4 黑坂森，位於笊森北北東方二公里。

5 盜森，位於黑坂森北方約五百公尺。目前與周遭樹林混合難以判定形狀。

6 岩手山，也被稱為南部富士、巖鷲山、霧山岳，是標高二〇四一公尺的休火山。

7 燧石山，位於小岩井農場東方約三公里處，標高四六六・九公尺。

的泥土抖落掌心，用手指搓揉半晌，又嘗了一下味道，然後才說：

「嗯，土質雖然不是非常好，但也不算太差。」

「好吧，那就決定選這裡吧。」

又一個人不勝緬懷地環視四周說。

「好，就這麼決定。」一直保持沉默的第四個農民說。

四人此時都很高興，卸下背上沉重的行李後，朝著來時的方向高喊：

「喂——喂——我們在這裡！快過來，快過來！」

對面的芒草叢中，頓時又走出三個扛著大批行李滿臉通紅的婦人。一看之下，還有九個不滿五、六歲的小孩嘰嘰喳喳叫嚷著跑來。

於是四個男人各選一個自己喜歡的方向，齊聲大喊：

「可以在這裡開墾嗎？」

「可以喔！」森林一齊回答。

大家又大喊：

「可以在這裡蓋房子嗎？」

「可以！」森林一齊回答。

大家又齊聲問：

「可以在這裡生火嗎？」

「可以！」森林一起回答。

大家又高喊：

「可以給我們一點木頭嗎？」

「可以。」森林一齊回答。

男人們開心地拍手，打從剛才就繃起臉保持沉默的女人和孩子，頓時也發出歡呼，孩子們開心之下也互相打鬧，女人就敲敲孩子的腦袋。

當天到了傍晚時分，他們已經蓋好茅草屋頂的原木小屋。孩子們高興地繞著屋子又蹦又跳。翌日起，森林就看到這些人狂熱地拼命工作。男人忙著揮舞鋤頭，把原野的雜草翻起。女人收集還沒被松鼠或野鼠撿走的栗子，砍伐松木儲備柴火。不久，整片原野都被白雪覆蓋了。

為了這些人，森林整個冬天都在拼命防堵北方吹來的寒風。但幼小的孩子還是很冷，把紅腫的小手放在自己的咽喉上哭喊：「好冷啊，好冷啊。」

春天來臨時，小屋已變成二棟。

地裡也開始播下蕎麥與稗子的種子。蕎麥開出白花，稗子抽出黑穗。到了這年秋天，穀物結實累累，又開墾了新的田地，小屋變成三棟時，大家都很開心，連大人都步伐雀躍。沒想到，就在一個泥土凍得硬邦邦的清晨，不知怎地，九個孩子中年紀最小的四人竟在一夜之間不見了。

大家像發瘋一樣四處尋找，卻連個孩子的影子都沒找到。

於是大家各自朝不同的方向一齊高喊：

「有沒有看到我家小孩？」

「沒看到。」森林一齊回答。

「那我們要進去找喔。」大家又高喊。

「來吧。」森林齊聲回答。

於是大家拿起各種農具，先去最近的狼森。一走進森林，潮濕的冷風與腐葉的氣息立刻撲面而來。

大家大步向前走。

這時森林深處響起劈哩啪啦的聲音。

大家急忙過去一看，清澈的玫瑰色火焰熊熊燃燒，九隻狼轉呀轉的，正圍繞火堆跳舞奔跑。

漸漸走近一看，四個失蹤的孩子就在火堆對面吃著烤栗子和紅汁乳菇[8]。野狼都在唱歌，彷彿夏天的走馬燈那樣繞著火堆奔跑。

在狼森的中央，

---

8 紅汁乳菇（Lactarius hatsudake），擔子菌類，紅菇科乳菇屬。是日本特有的食用菇，初秋生於赤松林內（狼森就是赤松林）。中央凹陷成漏斗狀，淡紅褐色。

火焰熊熊劈哩啪啦，
火焰熊熊劈哩啪啦，
栗子滾動劈哩啪啦，
栗子滾動劈哩啪啦。

這時大家齊聲大喊：
「狼先生狼先生，請把孩子還給我！」
野狼全都嚇了一跳，頓時停止唱歌，撇著嘴朝大家轉頭。
這時火焰驟然熄滅，四周頓時變得幽藍又安靜，火堆旁的孩子們嚇得放聲大哭。
野狼似乎不知如何是好，瞪著眼東張西望半晌，最後全部一溜煙朝森林更深處逃走了。
於是大家拉起小孩的手，準備離開森林。這時，卻聽見狼群在森林深處大喊：

「請別生我們的氣。我們請孩子吃了很多栗子和野菇喔！」

大家回家後就做了小米麻糬當謝禮放進狼森。

轉眼春天來臨。孩子已增至十一人。也多了二匹馬。田裡用雜草和腐葉加上馬糞一起做肥料，小米和稗子長得異常茂盛。

因此這年收成很好。到了秋末，眾人別提有多開心了。

沒想到，某個結霜的寒冷早晨又出事了。

他們今年也開墾原野，擴大了農田面積，所以這天早上如往常般準備拿起農具去工作時，卻發現每一家的開山刀、釘耙和鋤頭全都不見了。

大家拼命四處尋找，但怎麼找都找不到。無奈之下，只好朝四面八方一齊大喊：

「有沒有看到我的工具？」

「沒看到！」森林齊聲回答。

「那我要進去找喔！」大家高喊。

「來吧！」森林齊聲回答。

這次他們兩手空空地絡繹走向森林。他們先去最近的狼森。

結果九隻狼立刻出來，全都一本正經地拼命搖手說：

「沒有沒有，我們絕對沒有拿。如果你們在別處實在找不到，再來找我們吧。」

大家認為很有道理，接著去了西邊的笊森。漸漸走入森林深處後，在一棵老柏樹下，發現用樹枝編織成的大笊籬倒扣在地上。

「這玩意很可疑喔。笊森有笊籬是理所當然，可是底下藏了甚麼就很難說了。不如掀開看看吧。」說著掀開一看，裡面果然放著失蹤的九件農具。

不僅如此，中間還有個金色眼睛紅面孔的山怪盤腿而坐。看到大家後，山怪張開大嘴大吼一聲。

孩子們尖叫著想逃，大人卻不為所動，齊聲說：

「山怪，請你以後別再搗蛋了。拜託，今後別再搗蛋了。」

山怪聽了很惶恐地抓著腦袋站起來。大家各自取回自己的農具就要走出森林。

結果剛才的山怪從森林中大喊：

「你們也要給我小米麻糬喔！」然後身子一扭，抓著腦袋，就這麼朝森林更深處跑遠了。

大家哈哈大笑，掉頭回家去了。之後果真做了小米麻糬送去狼森和笊森。

轉眼到了翌年夏天。平地已經全部都開墾成農田了。房子也增建了小木屋或大型倉庫。

馬也變成三匹。到了秋收時，大家都非常喜悅。

他們心想，今年就算要做再大的小米麻糬也沒問題。

這時，又發生了不可思議的事件。

某個遍地結霜的早晨，倉庫裡的小米全都不見了，大家忐忑不安，拼命把附近都找遍了，卻連一粒小米都沒找到。

大家很失望，各自朝不同的方向大喊：

「有沒有看到我的小米？」

「沒看到！」森林齊聲回答。

「那我要進去找喔！」大家高喊。

「來吧！」森林齊聲回答。

大家各自拿著順手的工具，先去最近的狼森。

九隻狼都跑出來等著。一看到大家，就笑出聲說：

「看來今天又有小米麻糬了。這裡可沒有小米喔，絕對沒有。如果別處都找不到再過來吧。」

大家覺得很有道理，於是離開狼森，這次改去笊森。

結果紅臉山怪已經在森林的入口等著，笑嘻嘻說：

「小米麻糬，小米麻糬，這次我甚麼也沒拿喔。如果要找小米，可以去更北邊看看。」

大家覺得很有道理，於是又來到北邊的黑坂森，也就是告訴我這個故事的森林入口，

「把小米還給我們！把小米還給我們！」

黑坂森沒有現形，只有聲音回答：

「天亮時，我看到黑漆漆的大腳從空中朝北方奔去。你們不妨去北方看看。」而且黑坂森據說從頭到尾都沒提到小米麻糬。我也覺得想必是這樣。因為這個森林告訴我這個故事後，我也從錢包取出僅有的七文錢銅板當作謝禮，但這個森林堅持不肯收，他的個性就是這麼淡泊灑脫。

話說回來，大家覺得黑坂森的話很有道理，又繼續往北走。

這次來到的是松樹黑黝黝的盜森。所以大家一邊議論「這個名字聽起來就有偷竊的嫌疑」一邊走進森林，大吼：「把小米還來！把小米還來！」

結果森林深處出現一個手很長的黝黑大男人，用破鑼嗓子說：

「甚麼，居然說我是小偷？誰敢說這種話，我要通通揍扁。況且你們有甚麼證據？」

「有證人！有證人！」大家回答。

「是誰？可惡，是誰講這種話？」盜森咆哮。

「是黑坂森！」大家也不甘示弱地大喊。

「那傢伙講的話根本靠不住。放屁，放屁，全是放屁！可惡！」盜森大吼。

大家一下子覺得有道理，一下子又很驚恐，面面相覷後準備開溜。

這時頭上忽然響起清晰又莊嚴的聲音：

「不不不，那可不對。」

一看之下，原來是戴著銀冠的岩手山。盜森的黝黑男人當下抱頭倒地不起。

岩手山沉靜地說：

「小偷的確是盜森沒錯。黎明時分，我在東方天空的微光與西方的月光中親眼看見了。不過你們也該回去了。我一定會讓他把小米如數歸還。所以請別生氣。盜森只是很想嘗試自己做小米麻糬。所以才會去偷小米。哈哈哈！」

岩手山說完後，又若無其事地仰頭向天。而男人也已不見了。

大家目瞪口呆，七嘴八舌地回家一看，小米已經回到倉庫了。於是大家笑著做小米麻糬，送給四個森林。

其中尤其是給盜森送去的小米麻糬特別多。不過裡面好像摻了一點沙子，但那也怪不得旁人吧。

話說，從此森林就變成大家的好朋友。每年一入冬，總會收到小米麻糬。

不過，那種小米麻糬也隨著時勢變遷嚴重縮水了，但這也是沒法子的事吧。黑坂森林中央的黝黑巨岩最後如此感嘆。

# 要求特別多的餐廳

RESTAURANT
西洋料理店
WILDCAT HOUSE
山貓軒

二個年輕紳士打扮成英國士兵的樣子，扛著發亮的槍，帶著二隻白熊似的大狗，正在深山裡樹葉茂密之處邊走邊聊。

「這一帶的山好像不大對勁。看不到任何飛禽走獸。總之不管怎樣都行，我現在只想趕快砰砰砰地開他幾槍。」

「如果對準鹿的黃色腰部開上兩三槍，一定很過癮吧。鹿大概會原地轉圈，然後一頭栽倒。」

他們已走到深山中了。是那種連帶路的專業獵人都有點傷腦筋，不知自己走到何處的深山。

而且因為山勢太險峻，二隻白熊似的大狗一起頭暈眼花，叫了一會後就口吐白沫死掉了。

「這下子我損失了二千四百圓。」其中一名紳士翻了一下狗的眼皮說。

「我還損失了二千八百圓呢。」另一人不甘心地歪頭說。

起先那個紳士臉色有點難看，定定看著另一個紳士的表情說：

「我想回去了。」

「行，我也覺得又冷又餓，正打算打道回府。」

「那就在這裡掉頭回去吧。放心，回程只要在昨天的旅館花個十圓買幾隻山鳥[1]交差就行了。」

「也有兔子出現呢。反正用買的也一樣。那我們就回去吧。」

可是傷腦筋的是，到底該走哪條路才能回去，他們已經完全迷失方向了。

風呼呼吹來，野草沙沙響，樹葉簌簌抖，樹木咚咚搖晃。

「我肚子好餓。打從剛才腰就痛得要命。」

「我也是。我已經不想再走了。」

「我也不想走。唉，傷腦筋，好想吃東西。」

「我也想吃。」

二名紳士在沙沙作響的芒草中如此哀嘆。

這時不經意向後一看，竟有一棟氣派的西式洋房。

而且玄關掛著一塊牌子：

RESTAURANT
西洋料理店
WILDCAT HOUSE
山貓軒

「喂，這下子正好。這裡居然開了一家餐廳。我們進去吧。」

「咦，開在這種地方太奇怪了吧。不過總之應該能吃到東西吧？」

1 山鳥（銅長尾雉，Syrmaticus soemmerringii），雉科長尾雉屬鳥。日本特有的留鳥。多半出現在山地的樹林及高原、溪谷，東北地區也可在平地的家屋附近看到。比雉雞大，尾巴也更長，脖頸至背部為褐色，眼圈為美麗的紅色，自古以來和歌經常用山鳥的尾巴來形容很長。

「當然可以囉。招牌上不就這麼寫了嗎？。」

「那就進去看看吧。我已經快餓昏了。」

二人站在玄關。玄關是用白色磁磚砌成，非常光鮮體面。

而且大門是對開的玻璃門，門上寫著這樣一行金字：

**「歡迎任何人光臨。千萬不用客氣。」**

二人看了，非常開心地說：

「你瞧瞧，這世間果然是冥冥之中自有安排啊，今天雖然一整天都很倒楣，現在卻碰上這種好事。這裡雖是餐廳，卻提供免費大餐啊。」

「看來好像是。叫我們千萬不用客氣，應該就是那個意思。」

於是二人推門走進去。一進去就是走廊。玻璃門內側，又有一行金字：

**「尤其熱烈歡迎胖子及年輕人。」**

二人看到熱烈歡迎這幾個字，簡直高興壞了。

「欸，我們正好符合熱烈歡迎的標準耶。」

「因為我們兩者兼具。」

沿著走廊大步向前走，這次出現一扇漆成水藍色的門。

「這房子好奇怪。怎麼會有這麼多扇門。」

「這是俄羅斯風格啦。寒冷的地區和山中都是這樣的。」

二人正想推開那扇門，又發現上面寫著一行黃字：

**「本店是要求特別多的餐廳，請多包涵。」**

「雖然開在這種深山中，但是生意好像相當興隆呢。」

「那當然。你想想看，東京的大餐廳不也很少開在大馬路邊嗎。」

二人一邊說著，一邊推開那扇門。結果又看到門內側寫著：

**「要求可能很多，請一一忍耐。」**

「這到底是怎麼回事？」其中一名紳士皺起臉。

「嗯，這一定是客人要求的菜色太多，他們忙著準備，所以請我們多多包涵吧。」

「大概吧。我現在只想趕快找個房間進去。」

「我也想趕快在桌前坐下。」

可是煩人的是，又出現一扇門。而且門旁掛著鏡子，鏡子下面放著長柄刷。

門上寫著紅字：

**「客人請在此梳頭，並且刷去鞋子的泥土。」**

「這倒是應該的。我剛才在門口，還因為這家餐廳開在深山中就小看了它呢。」

「看來這裡很講規矩。一定是有大人物經常光顧。」

於是二人把頭髮梳理整齊，把鞋子的泥巴刷乾淨。

結果您猜怎麼著？才剛把刷子放回地上，那玩意就倏然消失，狂風呼嘯灌入室內。

二人嚇一跳，緊靠在一起砰地推開門，走進另一個房間。二人都在想，如果不趕緊吃點熱呼呼的東西提神，簡直撐不下去了。

房門內側又寫著奇怪的要求。

**「請把槍砲子彈放在這裡。」**

一看之下，旁邊就有個黑色台子。

「原來如此，的確沒有帶著槍去吃飯的道理。」

「不，看來店內一定有特別重要的大人物在。」

二人放下槍，解下裝子彈的皮帶，放在台子上。

眼前又是一扇黑色的門。

**「請把帽子、外套、鞋子脫下。」**

「怎麼辦，要脫嗎？」

「沒辦法，脫吧。看來裡面的客人的確是特別重要的大人物。」

二人把帽子和大衣掛在鉤子上，脫下鞋子啪搭啪搭走進門內。

房門內側寫著：

**「領帶夾、袖扣、眼鏡、皮夾，以及其他金屬物品，**
**尤其是尖銳物品，請全部放在這裡。」**

門旁就有個氣派的黑漆保險箱敞開著，甚至還附上鑰匙。

「我懂了，看來一定是有甚麼料理需要用到電。金屬物品有觸電的危險，尤其是尖銳的東西更危險，所以才這麼說吧。」

「大概吧。如此看來，結帳時應該是在這裡付錢吧。」

「好像是。」

「沒錯，肯定是。」

二人摘下眼鏡，取下袖扣，全部放進保險箱，喀擦一聲上鎖。

走了一會又是一扇門，門前放了一個玻璃壺。門上寫著：

**「請用壺中的乳液塗滿臉孔與手腳。」**

一看之下，壺中的確有牛奶乳液。

「為什麼要叫我們塗乳液呢？」

「這個嘛，一定是因為外面太冷。室內如果太溫暖很容易皮膚皸裂，所以讓我們預防一下。看來裡面真的有大人物。在這種地方，說不定我們有機會接近貴族喔。」

二人拿壺中的乳液塗抹臉部和雙手，接著脫下襪子塗抹雙腳。塗完發現還有剩的，於是二人假裝塗臉趁機偷偷品嘗。

接著他們急忙開門，房門內側寫著：

**「乳液仔細塗好了嗎？耳朵也塗了嗎？」**

這裡也放了一小瓶乳液。

「對了，我沒塗耳朵。差點就把耳朵凍傷了。這裡的主人真是周到。」

「是啊，連這種小細節都注意到了。不過我現在只想趕快吃東西，走來走去都是走廊，總不是辦法吧。」

這時眼前很快又出現一扇門。

**「料理馬上就好。**

**要不了十五分鐘。**

**立刻就能吃。**

**快把瓶中香水撒在頭上。」**

門前果然放著金光閃閃的香水瓶。

二人拿起香水跟不要錢似的拼命灑在頭上。

可是那瓶香水，怎麼聞都像是醋的味道。

「這瓶香水很像醋欸。這是怎麼回事？」

「一定是搞錯了。八成是女服務生感冒鼻塞，所以裝錯瓶子了。」

二人開門走進去。

門內側寫著這樣的大字：

**「種種要求想必很囉唆吧。真令人同情。**

**這是最後一次了。請用罐中鹽巴仔細搓揉全身上下。」**

眼前的確放著一個漂亮的青瓷鹽罐，但這次二人都愣住了，塗滿乳液的臉孔互相對視。

「好像怪怪的耶。」

「我也覺得不大對勁。」

「所謂的要求很多，原來是對方向我們要求。」

「所以，所謂的西餐廳，據我猜想，不是給上門的客人吃西餐，是把上門的客人做成西餐吃掉。也就是說，這個，換、換、換、換言之，我、我、我們……」紳士不停抖呀抖的，已經顫抖得說不出話了。

「那個，我、我們……哇！」另一人也開始不停哆嗦，說不出話。

「快逃……」其中一人顫抖著想推開身後的門，結果不得了，門竟然文風不動。

靠裡面還有一扇門，門上有二個巨大的鑰匙孔，切割成銀色的刀叉形狀，上面寫著：

**「哎，煞費周章真是辛苦了。**

**做得非常好。**

**來來來，快進我的肚子來。」**

而且鑰匙孔還露出二顆藍色的眼珠滴溜轉動著窺視這邊。

「哇！」抖呀抖呀抖。

「哇！」抖呀抖呀抖。

二人嚇得哭出來。

這時門內響起聲音悄悄說：

「不行啦。他們已經發現了。好像沒有抹鹽巴。」

「那還用說。都是老大的寫法露餡了啦。誰叫他要寫甚麼『要求很多一定很囉唆吧，真令人同情』之類的傻話。」

「隨便啦。反正老大連一根骨頭都不會分給我們。」

「說的也是。不過如果這二個傢伙不進來，老大就要追究我們的責任了。」

「喊他們吧，喊他們吧。喂，兩位客人，快點進來，進來進來。盤子已經洗好了，菜葉也用鹽巴醃過了。接下來只要把你們和菜葉充分攪拌均勻，放在潔白的盤子上就行了。快進來吧。」

「是啊，快來快來。難不成你們討厭生菜沙拉？那就現在開火給你們油炸一下吧？總之你們快進來。」

二人由於太震驚，整張臉就像皺巴巴揉成一團的紙屑，面面相覷後，渾身顫抖默默流淚。

門內呵呵笑著又大喊起來。

「快來，快來。那樣哭哭啼啼的，豈不是把特地塗抹的乳液都沖掉了？是，馬上好。馬上給老大您送過去。好了，你們快進來。」

「快來吧。老大已經圍好餐巾拿起刀子，舔著舌頭等你們了。」

二人哭了又哭有哭不完的眼淚。

這時身後忽然響起「汪！汪！嗚汪！」的聲音，那二隻很像白熊的狗撞破門衝進室內了。鑰匙孔上的眼珠頓時消失，兩隻狗低聲咆哮在室內轉了半天，最後又尖銳地吠了一聲，猛然撲向第二道門。門被撞開，二隻狗像被吸進去般衝入。

門內的一片漆黑中，響起「喵！嗚哇！咕嚕咕嚕」的聲音，然後是一陣雜亂的叫聲。

房子如輕煙霎時消失，等二人回過神時已在寒風中顫抖著站在草叢中。

定睛一看，他們的外套和鞋子、皮夾、領帶夾不是掛在那邊的枝頭，就是散落在這邊的樹根。冷風呼呼吹來，草叢沙沙作響，樹葉嘩嘩翻飛，樹木咚咚搖晃。

狗呼呼低哼著回來了。

而後方，也傳來「先生！先生！」的叫聲。

二人頓時精神一振，大喊：

「喂——喂——我在這裡！快過來！」

帶簑帽的專業獵人窸窸窣窣撥開草叢過來了。

二人這才安心。

吃了獵人帶來的糯米糰子，途中花費十圓買了山鳥就回東京了。

不過，唯有二人之前變得像紙屑一樣皺巴巴的臉孔，即便回到東京，泡了熱水澡，還是無法恢復原狀。

# 烏鴉北斗七星

冰冷險惡的雲層堆積，幾乎垂落地平線，令人分不清原野上那是雪光還是日光。

鴉群組成的義勇艦隊，被低垂的雲層壓著，只好暫時排成一行落在彷彿鋪著白鐵皮的積雪田地歇腳。

每隻烏鴉船艦都文風不動。

毛色黝黑光滑的烏鴉上尉，身為年輕的艦隊長也站得筆直沒有動。

烏鴉總指揮官就更加不動如山了。烏鴉總指揮官已經很老，眼睛變成灰色，叫聲也像壞掉的洋娃娃吱吱吱的很刺耳。

所以，不懂如何分辨烏鴉年紀的一名孩童，有一次曾說：

「喂，這個地區有二隻嗓子壞掉的烏鴉喔。你知道嗎。」

這顯然是搞錯了，因為事實上只有一隻，而且絕非嗓子壞掉，而是因為長年在空中發號施令，這才讓聲音生鏽。因此，烏鴉義勇艦隊認為指揮官的聲音在所有的聲音中是第一等。

在雪地上歇腳的烏鴉艦隊看似小石子。也像黑芝麻。如果拿望遠鏡仔細看，有大有小就像馬鈴薯。

但是漸漸到了傍晚。

雲層稍微上移，至少天空已騰出足夠烏鴉飛翔的空間了。

於是總指揮官上氣不接下氣地下令。

「演習開始，出發！」

艦隊長烏鴉上尉率先往雪地用力一拍飛起來。烏鴉上尉的部下有十八隻，依序起飛後跟在上尉後面保持一定的間隔列隊前進。

之後三十二隻烏鴉戰鬥艦隊陸續出發，之後是擔任總指揮官的大艦長威嚴地飛起。

這時領頭的烏鴉上尉已經在天空盤旋了四圈直上雲端，隨即又筆直朝遠方的森林前進。

二十九隻巡洋艦和二十五隻砲艦相繼飛起。最後二隻是一起出發。從這點可以看出烏鴉軍隊還是有點不守規矩。
烏鴉上尉飛到森林附近後左轉。
這時烏鴉指揮官下令：「開炮射擊！」
艦隊一齊嘎嘎嘎的發射大砲。
發射大砲時，一腳倏然向後舉起的那隻船艦，是上次在尼達那特拉戰役負傷的士兵，迄今聽到聲音還會影響腿部神經。
話說回來，在天空繞了四個大圈子後，總指揮官說：
「散開！解散！」同時離開隊伍飛回杉樹上的總指揮官舍去了。大家也各自散開回到自己的營舍。
然而烏鴉上尉沒有立刻回自己的營舍，而是獨自去了西邊的皂莢樹。
雲層微黑，只有西山上空微露暗藍色天河發出幽光。在那裡，被鴉群稱為馬希利的銀色星星[1]已亮起。

1 馬希利星，應是指水星（Mercury）。

烏鴉上尉如箭矢般迅速落在皂莢樹枝頭。那根樹枝上早有一隻烏鴉停駐默默思考。那是聲音最美妙的砲艦，也是烏鴉上尉的未婚妻。

「嘎嘎，抱歉我遲到了。今天的演習不累嗎？」

「嘎，人家等了好久。不過一點也不累喔。」

「是嗎，那就好。但這次我必須暫時和妳分離了。」

「哎呀，為什麼？這可不得了。」

「據戰鬥艦隊長說，我明天可能要去追山鴉。」

「哎呀，山鴉很強吧？」

「嗯，眼珠凸出，嘴喙尖細，外表看起來有點威風。不過這是小事一樁。」

「真的？」

「妳放心。不過畢竟是戰爭，還不知道會出現甚麼樣的戰況。萬一我出了意外，妳我的婚約就此取消，妳就另嫁他人吧。」

「哎呀，怎麼辦，天啊，不得了。太過分了，太過分了。那樣我怎麼辦，太過分了。嘎嗚，嘎嗚，嘎嗚，嘎嗚。」

「妳別哭了，這樣多難看。妳看，有人來了。」

烏鴉上尉的部下，烏鴉士官長急忙趕來，微微歪頭行禮說：

「嘎，艦長大人，點名的時間到了。大家已經列隊待命。」

「很好。本艦即刻歸隊。你可以先回去了。」

「遵命。」士官長飛走了。

「好了，別哭了。明天在隊伍中應該還會碰面。妳要多保重喔。喂，妳也該歸隊點名了，必須趕緊回去。手伸出來。」

二隻烏鴉緊緊握手。之後上尉飛離樹枝，匆匆歸隊。烏鴉姑娘似乎已在枝頭凍僵，始終不動。

入夜了。

然後夜漸深。

雲朵消失，新煉成的鋼鐵天空洋溢寒光，小星星串聯著爆炸，水車的軸心吱吱作響。

逐漸變薄的鋼鐵天空，最後猝然出現裂痕，分成二半，從那裂縫彷彿垂下許多怪異的長手，將要攫住烏鴉去天之井的彼方。烏鴉義勇艦隊全體出動。大家急忙穿上黑色緊身褲拼命在天空盤旋。烏鴉哥哥已無暇顧及弟弟，情侶也慌亂得一再狠狠對撞。

不，不對。

不該是那樣。

月亮出來了。壓扁的藍色下弦月自東邊的山上哭泣著升起。這下子烏鴉軍隊總算吃了定心丸。

森林霎時變得安靜，只有嚇得一腳踩空的年輕水兵驚慌地醒來，嘎的擊出一發睡意惺忪的大砲。

但烏鴉上尉兩眼炯炯有神，毫無睡意。

「我明天就要戰死了。」上尉呢喃，把頭扭向未婚妻所在的森林。黝黑光滑如海帶的樹梢中，那個聲音美妙的年輕砲艦，正沉浸在一個接一個的夢境中。

夢中的她和烏鴉上尉拍著翅膀，不時互看對方，在蒼藍的夜空中，不斷往上飛。被稱為馬捷爾[2]的烏鴉北斗七星已經變得很大很近，就連其中一顆星裡所生出的淡藍色蘋果樹都能看得一清二楚時，不知怎地二人的翅膀突然僵硬如石，倒栽蔥地往下掉。她急得大喊馬捷爾大神保佑，同時倏然醒來，原來自己真的快掉下枝頭了。她連忙張開雙翅調整姿勢，然後朝上尉的方向看去，不知不覺又打起瞌睡，這次她夢見山鴉戴著眼鏡來到二人面前，作勢要和上尉握手。上尉搖手說不行不行，山鴉就掏出亮晶晶的手槍二話不說射殺上尉，上尉挺起光滑黑亮的胸膛倒下。她一邊大喊馬捷爾大神一邊再次被嚇醒。

2 馬捷爾，來自北斗七星的大熊座拉丁文名稱Ursa Major。

烏鴉上尉在這頭，從她調整姿勢的拍翅聲，乃至她向馬捷爾祈求的聲音全都聽見了。

上尉不禁也嘆口氣，仰望美麗的馬捷爾七星，啊啊，明天這場戰爭究竟是該祈求我贏了好還是該讓山鴉贏，我自己也不知道，只能聽憑您的旨意，盡我最大的努力去戰鬥，一切但憑您的旨意安排。上尉安靜地如此祈禱。而東方天空已經開始湧現一抹銀光了。

遙遠的寒冷北方，傳來彷彿鑰匙互相撞擊的細碎聲。烏鴉上尉迅速拿起夜視望遠鏡，凜然看著那邊。只見星光下，白濛濛的山嶺上有一棵栗樹。停在樹梢仰望天空的正是敵人山鴉。上尉的心頭熱血沸騰。

「嘎，緊急集合，嘎，緊急集合。」

上尉的部下立刻離開樹枝飛起，繞著上尉盤旋。

「衝啊！」烏鴉上尉打頭陣，筆直朝北方前進。

東方天空已泛露剛淬鍊出的鋼鐵般白光。

山鴉慌忙飛離枝頭，張開巨大的翅膀想朝北方逃跑，但這時驅逐艦已將他團團包圍。

「嘎，嘎，嘎，嘎，嘎！」大砲聲震耳欲聾。山鴉無奈之下雙腿哆嗦著向上飛。上尉立刻追上他，朝他漆黑的腦袋狠狠啄去。山鴉搖搖晃晃朝地面墜落。這時士官長又從旁啄了他一下。山鴉閉上灰色眼皮，就此陳屍在黎明的山嶺積雪上。

「嘎，士官長。把他的屍體帶回營舍。嘎，收隊！」

「遵命！」強壯的士官長拎著屍體，烏鴉上尉展翅朝自己的森林飛去，十八隻部下也隨後跟上。

回到森林後，烏鴉驅逐艦全都呼呼噴出白煙。

「有沒有受傷？有沒有人受傷？」烏鴉上尉走來慰勞大家。

天色大亮。

蜜桃漿液般的陽光，首先灑落在山頂的積雪上，接著漸漸向下流淌，終而普照大地，讓雪中綻放白百合花。

璀璨的太陽明亮得讓人悲傷，高掛在東方的雪丘上。

「準備閱兵儀式！集合！」總指揮官大喊。

「準備閱兵儀式！集合！」各艦隊長高喊。

大家在積雪的田地排成一行。

烏鴉上尉脫離隊伍，大步走過晶瑩的雪地直奔總指揮官面前。

「報告長官，今天黎明時在塞皮拉嶺上發現敵艦停靠，本艦隊立刻出動將敵艦擊沉。我軍無人傷亡。報告完畢！」

驅逐艦隊已經高興得在雪地滾滾灑下熱淚。

烏鴉總指揮官的灰眼也流下淚水說：

「吱吱，辛苦了，辛苦了。幹得好。你已經可以升任少校了。至於你的部下該如何敘勳獎勵就由你負責。」

新上任的烏鴉少校，想起那隻餓著肚子從山裡出來，遭到十九隻烏鴉圍剿的山鴉，不禁又流下眼淚。

「謝謝您。我想順便安葬敵人，不知您是否同意？」

「也好。那就將他厚葬吧。」

新任烏鴉少校行以一禮後離開總指揮官面前，回到隊伍，仰望此刻馬捷爾星所在的藍天。（啊啊，馬捷爾大神，請保佑我們早日讓這世界不必再殺死無冤無仇的敵人。為此，哪怕粉身碎骨我也在所不辭。）馬捷爾星正好升起，那一帶的藍天湧現清新明媚的藍光。

美麗黝黑的砲艦烏鴉，期間一直跟大家一樣保持立正的姿勢，同時不斷落下晶瑩的淚水。但砲艦長假裝沒看見。從明天起，她又可以和未婚夫一起演習了。因為太高興，她不時張大嘴巴，在陽光下顯得通紅剔透，但砲艦長還是把臉扭向一旁放她一馬。

# 輯二　人類與自然

# 水仙月四日

雪婆婆[1]出遠門了。

有著貓耳朵和一頭蓬亂灰髮的雪婆婆，越過西邊山脈明亮的絲絲流雲，去了很遠的地方。

一個小孩裹著紅毯子，滿腦子惦記著焦糖點心，匆匆走過象頭形狀的雪丘腳下趕回家。（對了，如果把報紙捲成尖錐，呼呼吹氣，木炭就會燃起青色火焰。我要在鍋裡放一撮紅糖，再放一撮粗糖，加上水，之後只要慢慢熬煮就行了。）小孩真的是一邊想著焦糖一邊拼命趕路回家。

太陽高掛在極遠極清澈的寒冷天空，熊熊燃燒著耀眼的白色火焰。光芒朝四方直射，落到下方時，把冷清台地的積雪變成整片閃亮的雪花石膏[2]板。

二隻雪狼[3]吐出血紅的舌頭，走在象頭形狀的雪丘上。人類的肉眼看不見牠們，但是只要一吹起狂風，牠們就會立刻從台地邊緣的雪上踩著朦朧的雪雲在空中四處奔跑。

「噓，不可以跑太遠。」一在雪狼後方，把白熊皮三角帽推高戴在後腦，紅蘋果似的臉蛋閃閃發亮的雪童子信步走來。

雪狼甩頭繞了一圈，又吐出紅舌跑了。

仙后座[4]，
水仙就要開花了[5]，
妳的玻璃水車，
快快轉動吧。

1 雪婆婆，這個名稱並非自古傳承，是賢治參照雪女與山姥、岩手地區的「雪婆神」等傳說自行造出的名詞。
2 雪花石膏（Alabaster），石膏的變種，顆粒細小，白色，有時也帶有一點顏色。
3 雪狼，和「雪童子」、「雪婆」一樣，都不是傳統名稱，是賢治的半創造。
4 仙后座（Cassiopeia），醒目出現在北方天空擁有W形線圖的星座。
5 水仙開花，這個故事的季節指標。

雪童子仰望蔚藍的天空，對看不見的星星高喊。空中的藍光化為光波興奮地落下，雪狼已經跑得很遠，吐出火焰似的紅舌。

「噓，快回來，噓！」雪童子蹦跳著斥責，之前清晰落在雪地上的影子，條然變成一道白光，雪狼們豎起耳朵急忙跑回來。

仙女座[6]，

馬醉木就要開花了[7]，

妳那油燈裡的酒精[8]，

快快噴出吧。

雪童子一陣風似地爬上象形山丘。雪被風吹成貝殼的形狀，山丘頂上有一棵大栗樹，樹頂生著美麗的金色槲寄生[9]。

「去幫我摘來。」雪童子爬上山丘說，其中一隻雪狼看到主人小小的牙齒冷光一閃，立刻就像皮球猛然彈跳到樹上，去咬斷那綴有紅色果實的小樹枝。雪狼在樹上頻頻扭頭，影子長長地落在山丘的雪地上，樹枝的青色樹皮和黃色樹芯終於分了家，落在剛爬到山丘頂上的雪童子腳下。

「謝謝。」雪童子說著撿起樹枝，遠眺藍白相間的原野上聳立的美麗小鎮。河水粼粼閃爍，火車站也升起冉冉白煙。雪童子垂眼看山腳。之前那個裹紅毯的小孩，正沿著山腳的積雪小徑一心一意朝山上匆匆走來。

「那傢伙昨天推了一車的木炭去賣。現在買了砂糖自己回來了。」雪童子笑著把手裡的槲寄生樹枝朝小孩扔去。樹枝如子彈筆直飛去，正好落在小孩

---

6 仙女座（Andromeda），出現在北方天空，位於仙后座南邊的重要星座。

7 馬醉木開花，這也是季節指標。日本馬醉木（Pieris japonica）是杜鵑花科馬醉木屬。生長在日本的本州、四國、九州山地，或觀賞用的植栽常綠灌木，早春至晚春開白花。

8 煤油燈點火裝置用的酒精。並非酒精燈。

9 槲寄生（Viscum album），槲寄生科常綠灌木，果實附著在朴、栗、櫻、櫸等樹枝上發芽寄生。細小的枝頭長出如蜻蜓翅膀般的葉片，糾結成球狀。果實為球形，成熟時呈淡黃色。在歐洲的北歐神話及凱爾特人的德魯伊教中具有各種意義的象徵，尤其代表重生、不滅、豐饒之意。

眼前。

小孩吃驚地撿起樹枝，瞪大眼四下張望。雪童子笑著咻地甩了一下皮鞭。

頓時，本來蔚藍無雲的澄澈天空，忽有白雪如鳥羽紛紛飄落。那讓下方平原的積雪，以及啤酒色日光、褐色檜木構成的靜謐綺麗的週日，變得更加美麗。

小孩拿著槲寄生樹枝，又開始拼命向前走。

然而，這場美麗的白雪落盡時，太陽好像已移至天空的遠處，在那裡的旅屋[10]重新燃起耀眼的白色火焰。

一縷輕風從西北方吹來。

天空已變得很寒冷。東方遙遠的海上，彷彿卸下天空的機關似地傳來細微的喀搭一聲，太陽的表面不知幾時變成雪白鏡面，而某種細小的東西似乎不停橫越那表面。

雪童子把皮鞭夾在腋下，緊抱雙臂，抿唇定定望著風吹來的方向。雪狼們也伸長脖子，頻頻朝那頭張望。

風勢越來越強，腳下的白雪沙沙向後流淌，不久對面的山頂好像倏然升起白煙，而西方，已經暗如灰色了。

雪童子的雙眼發出銳利熾熱的光芒。天空已一片灰白，彷彿被風撕裂，飄落乾燥的粉雪。放眼所見皆是灰色雪花。已經分不清是雪還是雲。

山稜處處響起似傾軋似切割的聲音。地平線和城鎮都已在暗煙的彼方，唯有雪童子的白色身影，茫然佇立天地間。

從那破碎咆哮的風聲中，忽然傳來一個怪異的聲音：

「咻，還在磨蹭甚麼？快下雪吧。下雪吧。咻咻咻，咻咻，下雪吧，颳風吧，還在磨蹭甚麼？明明知道我在趕時間。咻，咻，我不是還特地從那邊帶了三人過來嗎！快下雪吧。咻！」

雪童子觸電似地跳起來。原來是雪婆婆來了。

10 旅屋，在祭禮時，從本宮抬出的神轎暫時安置之處。最後一天會再抬回本宮。

雪童子的皮鞭啪的一響。雪狼全都跳起。雪童子臉色蒼白，抿緊雙唇，帽子也被吹走了。

「咻，咻，給我好好幹活。不可以偷懶喔。咻，咻。給我好好幹。今天這裡可是水仙月四日[11]喔。快點工作。咻！」

雪婆婆蓬亂冰冷的白髮，在冰雪狂風中形成漩渦。從快速飄移的烏雲之間，也可看見她尖起的耳朵和炯炯發亮的金色雙眼。

被她從西方原野帶來的三名雪童子，全都面無血色，咬緊嘴唇，彼此連招呼也沒打，已經開始不停甩動皮鞭四處奔走。甚至已分不清哪裡是山丘哪裡是雪煙哪裡又是天空。唯一能聽見的只有雪婆婆走來走去的叫囂聲，彼此甩皮鞭的聲音，還有九隻雪狼在雪中到處奔跑的喘息聲。這時雪童子忽然聽見之前那孩子幾乎被寒風呼嘯蓋過的哭聲。

雪童子的雙眸異樣燃燒。他停下腳思考片刻後，突然用力甩動鞭子往那邊跑去。

然而他似乎搞錯方向，最後一路跑到最南邊的黝黑松山才停下。雪童子把皮鞭夾在腋下豎耳傾聽。

「咻，咻，誰敢偷懶，我可不饒他喔。快下雪吧，下雪吧。快點，咻。今天是水仙月四日喔。咻，咻，咻，咻咻。」

在如此猛烈的狂風暴雪聲之間，再次隱約傳來清亮的哭聲。雪童子筆直朝那邊跑去。雪婆婆甩亂的頭髮，詭異地拂過那張臉。山嶺的積雪中，裹著紅毛毯的小孩被寒風包圍，已經無法從雪地拔出雙腳，就此踉蹌倒下，小手撐在雪上，正哭著試圖爬起來。

「裹好毛毯，把頭低下。裹好毛毯，把頭低下，咻。」雪童子邊跑邊喊。但他的呼喊在小孩聽來只是風聲，他看不見雪童子的身影。

「低頭趴下。咻。不能動。雪馬上就停了，用毛毯罩住頭趴下。」雪童子

11 水仙月四日，關於「水仙月」到底是幾月，各方說法不一，前文提及「水仙就要開花了」、「馬醉木就要開花了」，可見季節應是四月。但全篇始終未提及「四月」，而是稱為「水仙月」。

又跑回來再次叫喊。小孩還是在拼命掙扎試圖爬起來。

「趴下去，咻，乖乖低頭趴下去，今天沒那麼冷所以不會凍僵的。」

雪童子再次跑過小孩身邊叫喊。小孩癟著嘴，還是抽泣著試圖爬起來。

「要趴下啦。這樣不行。」雪童子只好從對面故意用力撞倒小孩。

「咻，給我加把勁好好幹，不許偷懶。快，咻。」

雪婆婆來了。隱約可以看見她那血盆大口和尖銳的牙齒。

「咦，有個奇怪的小孩，對了對了，把小孩給我抓過來。反正今天是水仙月四日，就算弄死一兩個人也沒關係。」

「是，您說的對。去死吧。」雪童子一邊故意狠狠撞擊小孩一邊悄聲說：

「快倒下啊。不能動喔。千萬不能動。」

狼群發瘋似地跑來跑去，黑爪在雪雲之間若隱若現。

「對對對，那樣就對了。給我用力地下雪。不許偷懶喔。咻咻咻，咻咻。」雪婆婆說完，又飛到遠處去了。

小孩還在試圖爬起來。雪童子笑著再次用力撞倒他。這時天色已變得昏暗不明，明明還不到三點，卻好像已是傍晚。小孩力氣用盡，已無力再試圖爬起。雪童子笑著伸出手，把那條紅色毛毯整個蓋在小孩身上。

「就這樣睡一會吧。我會幫你蓋很多床被子。這樣就不會受凍了。好好做個焦糖的美夢直到明日天亮。」

雪童子重複說了許多遍，把大量的雪蓋在小孩身上。不久，紅毛毯也看不見了，積雪變得和四周一樣高。

「那個小孩，還拿著我給他的槲寄生。」雪童子低語，有點想哭。

「快，好好幹，今天要做到深夜二點才能休息喔。今天已是水仙月四日了，所以不能休息。快，給我用力下雪。咻，咻咻，咻咻。」

雪婆婆又在遙遠的風中咆哮。

於是，這一整天真的在狂風暴雪和灰濛濛的雲間度過，直到夜裡大雪還是下個不停。終於到了天快亮時，雪婆婆再次從南朝北飛奔而來。

「好了，差不多可以休息了。接下來我又要去海上，你們通通不用跟來。好好休息為下次工作養精蓄銳吧。啊呀，幹得不錯。水仙月四日終於順利過去了。」

她的眼睛在黑暗中發出異樣的青光，蓬鬆的亂髮捲成漩渦，嘴巴顫動著奔向東方去了。

原野和山丘似乎也鬆了一口氣，雪地發出淺藍色光芒。天空不知幾時也放晴了，桔梗色的天空中，只見繁星閃爍。

雪童子們這才各自帶著自己的雪狼互相打招呼。

「這場雪可真大。」

「是啊。」

「不知下次幾時碰面。」

「誰知道是幾時。不過，今年頂多只剩二次了吧。」

「好想趕快一起回北邊。」

「是啊。」
「剛才也死了一個小孩呢。」
「沒事。他只是睡著了。明天我會在那裡做記號。」
「啊呀，快走吧。天亮之前還得趕到那邊。」
「急甚麼。我怎麼想都想不透。那傢伙不是仙后座的三顆星嗎？應該渾身都是藍色火焰吧？可是為什麼只要火勢一旺就可以帶來風雪呢？」
「這個啊，和棉花糖是一樣的道理喔。你想想看，那玩意不是一直旋轉嗎？然後焦糖就會通通變成蓬鬆的棉花糖。所以火燒得越旺越好。」
「噢——。」
「走囉，再見。」
「再見。」
三個雪童子帶著九隻雪狼回西方去了。
不久東方天空如黃玫瑰般亮起，閃耀琥珀色光芒，最後大放金光。山丘和原野都堆滿潔白的新雪。

雪狼累得一屁股坐下。雪童子也坐在雪地上微笑。他的臉頰如蘋果，呼氣芬芳如百合。

燦爛的朝陽升起。今早帶點藍色，更顯得光彩奪目。日光向四方流淌桃色蜜汁。雪狼爬起來張開大嘴，口中冉冉燃燒藍色火焰。

「好了，你們跟我來。天亮了，該把那孩子叫醒了。」

雪童子跑到昨天埋那孩子的地方。

「快，幫我把這裡的雪踢開。」

雪狼立刻用後腿踢開那裡的積雪。晨風順勢吹去積雪如輕煙飛揚。

穿雪鞋裹著毛皮的人從村子那頭急急走來。

「行了！」雪童子看到小孩的紅毛毯一角從雪堆中露出後，立刻高喊。

「你爸爸來囉。快醒醒！」雪童子跑上後方的山丘，高喊著掀起一陣雪煙。小孩好像稍微動了一下。而裹著皮毛的人已拼命跑來。

# 山怪的四月

山怪金色的眼睛大如銅鈴，彎腰駝背在西根山[1]的檜樹林中到處逮兔子。

但他沒逮到兔子卻逮到山鳥。

那是因為山鳥嚇得飛起時，山怪縮起雙臂像炮彈一樣整個身子撲過去，所以山鳥的半邊身子都被壓扁了。

山怪興奮得滿臉通紅，彎起大嘴嘻嘻笑，拎起那隻頹然垂下腦袋的山鳥甩呀甩地走出森林。

然後他把獵物往日照充足的向南枯草地上一扔，搔著蓬亂的紅髮，拱起肩膀就地一躺。

小鳥不知在哪吱吱叫，在枯草之間溫柔綻放的紫色豬牙花也款款搖曳。

山怪仰面向天，眺望碧藍如洗的天空。太陽就像長滿紅色和金色斑點的沙梨，枯草的香氣瀰漫周遭，緊靠後方的山脈上，白雪皚皚發出白色光暈。

（麥芽糖真好吃。老天爺做了這麼多糖，卻不肯給我吃。）

山怪正在這樣恍惚想著時，只見澄澈藍天的蓬鬆浮雲已漫無目標地朝東方飄去。於是山怪的喉嚨深處咕嚕咕嚕響，又在想：

（說到雲這種東西，好像總是一下子隨風飄來飄去一下子突然消失，不一會又突然出現。難怪會有雲助[2]這個名詞。）

這時，山怪忽然覺得雙腿和腦袋變得輕飄飄，莫名覺得自己好像頭下腳上的在空氣中飄浮。山怪就像雲助一樣，也不知是被風吹的還是自己飛起來的，就這麼漫無目標地四處遊蕩。

（不過這裡是七森[3]。正好有七座森林。有的長滿松樹，有的光禿禿是黃色的。而且到了這裡，已經離城鎮不遠了。如果要去鎮上，不喬裝一下肯定會

---

1 西根山，非真實山名。但小岩井農場西方，葛根田川溪邊有雫石町西根，從東岸的西山街道望去，這個聚落的更西方，可以看見高倉山麓下悠然橫亙南北的丘陵。那一帶或許就是西根山。（另外，岩手山的東北山麓也有個西根町。）

2 雲助，居無定所四處打工的工人。

3 七森，小岩井農場的南方，橋場線（現在是田澤湖線）與秋田街道之間，有七、八座標高三百公尺左右的圓形小山。大森、石倉森、鉢森、稗糠森、勘十郎森、貝立森、三角森合稱為「七森」，至於西南角格外高大的生森山（三四八公尺），以及隔著國道連綿南方的松森山、鹽森並不包括其中。

被打死。）

山怪獨自這麼嘀咕，最後搖身變成一個樵夫。眼前很快就已是小鎮入口。山怪還是覺得腦袋輕飄飄的全身重心不穩，同時就這麼慢吞吞進鎮。

入口處一如往常擺著賣魚的攤子，堆放著包裝鹽漬鮭魚用的髒兮兮稻草袋，還有亂七八糟的沙丁魚頭，簷下還掛著五隻煮熟的暗紅色章魚。山怪目不轉睛看著章魚。

（那個有吸盤的紅色章魚腳彎曲的線條真是太美了。比郡公所的技工穿著馬褲的腿部線條還漂亮。這種東西，在海底的暗藍色世界還能張著大眼四處走，真是了不起。）

山怪不禁吮著手指呆站。這時正好有個穿著破舊淺蔥色衣服的中國人扛著大包袱東張西望地經過，突然拍拍山怪的肩膀說：

「老兄，要不要買中國布？六神丸[4]也很便宜喔。」

山怪驚訝地轉頭，

「免了！」他大吼，但他發現自己的嗓門太大，惹得拿著圓鉤、頭髮旁分穿木屐的魚攤老闆，以及穿著蓑衣的村民全都朝他行注目禮，他當下慌了手腳，連忙搖手小聲改口：

「不，不是。我買，我買。」

結果中國人說：「不買也沒關係，你看一下就好。」

說著他已把背上的包袱直接放在路中央。山怪總覺得這個中國人濕漉漉的紅眼很像蜥蜴，所以非常害怕。

之後中國人迅速解開綁在包袱上的黃色繩子打開包袱巾，掀開行李箱的蓋子，從布料上面排放的許多紙盒之間，取出一個小小的紅色藥瓶。

（哎呀呀，這人的手指好細啊。指甲也好尖，簡直越看越可怕。）山怪暗想。

4 六神丸，自古以來使用的中藥。含有麝香、牛黃、熊膽、蟾酥、沉香、人參等成分。乃具鎮痛、解毒、強心劑的功用。

中國人接著又取出二個只有小指頭大的玻璃杯，將其中一個遞給山怪。

「老兄，你可以試試看這種藥。沒毒。絕對沒毒。儘管喝下去沒關係。我先喝給你看。放心。我喝啤酒也喝茶，就是不喝毒藥。這是長壽藥。可以放心服用。」中國人說著已經自己大口喝下藥水。

山怪拿不定主意到底該不該喝，朝四下一看，自己不知幾時竟已不在鎮上，來到開闊如天空的碧綠原野中央，和那紅眼眶的中國人隔著地上的包袱對峙。二人的影子黑漆漆的落在草上。

「快啊，你就喝吧。這是長壽藥。喝了只有好處。」中國人伸出尖尖的手指，頻頻勸說。山怪不知如何是好，心想乾脆喝下之後就趕緊開溜吧，於是猛然仰頭喝下那種藥。不可思議的是，山怪身上的凹凸起伏轉眼消失，身子萎縮變得又平又小，再仔細一看，不知幾時整個人已經變得像個小盒子掉落在草地上了。

（我上當了，可惡，居然被騙了，我早就覺得這傢伙指甲太尖有問題。可惡，居然上了他的當。）山怪懊惱得很想捶胸頓足，但他已經變成一盒小小的六神丸，所以毫無辦法。

中國人這廂倒是高興得手舞足蹈。又蹦又跳地將雙腿輪流抬起，雙手啪啪拍打腳底。那個聲音如鼓聲一直響徹原野的最遠處。

之後山怪的眼前忽然出現中國人的大掌，接著已被搖搖晃晃舉到高處，隨即落在行李的那堆紙盒之間。

山怪正覺奇怪，行李的蓋子已當頭罩下。但他還是可以透過箱子的縫隙看見美麗清澈的日光。

（我終於落入牢獄。即便如此，太陽還是普照大地。）山怪如此喃喃自語，勉強試圖掩飾自己的傷心。這時，眼前忽然變得更暗。

（我懂了，一定是他把行李箱罩上包袱巾了。這下子越發悽慘了。今後將是黑暗的旅程。）山怪盡量冷靜下來說。

沒想到，這時居然有人在山怪身旁開口了。

「你是打哪來的？」

山怪起先嚇了一跳，但他立刻想到：

（我懂了，所謂的六神丸，八成都是像我一樣的可憐人被藥物改造成的。很好很好。）

「我是從賣魚的攤子前面來的！」他丹田用力地朗聲回答。中國人頓時在外面咬牙切齒地大吼：

「太大聲了。給我安靜點！」

山怪老早就對中國人一肚子火氣了，所以這時更加氣憤。

「你說甚麼。你還想裝傻。你這個小偷。等你一進城，我就立刻大吼大叫說這個中國人是騙子。看你怎麼辦！」

中國人頓時在外面安靜了。好半天都悄然無聲。山怪想，這下子中國人該不會雙手交疊摀著心口正在痛哭流涕吧。如此看來，之前不時在山嶺或森林中卸下行李心事重重陷入沉思的中國人，八成經常被人這樣威脅吧。山怪頓時心生憐憫，正想改口說剛剛說的都不是真的，外面的中國人已用可憐的沙啞嗓音說：

「喂，你也太沒同情心了。我做不成生意，就沒飯吃，我就會死。你這樣太沒同情心了。」山怪這時已經萬分同情中國人，心想不如讓中國人用我的身體賺個六十文錢，去旅館吃點沙丁魚頭和蔬菜湯吧，一邊回答：

「中國先生，好了。你不用再哭了。等你進了城，我會盡量不出聲音的。你放心吧。」外面的中國人聽了，似乎總算放下心來，只聽見他長嘆一口氣的聲音和啪啪拍腿的聲音。然後中國人似乎又扛起行李，弄得裝藥的紙盒互相碰撞。

「喂，剛才對我說話的是誰？」

山怪問，身旁立刻有人接腔。

「是我啦。我們剛才還沒聊完呢，你既然是從魚攤前面來的，應該知道現在一尾鱸魚多少錢，還有乾魚翅，十兩銀子可以買幾斤？」

「這個嘛，那家賣魚的好像沒有賣這種東西喔。不過倒是有章魚。章魚腳看起來很漂亮喔。」

「噢。還有那麼好的章魚啊？我也很喜歡章魚。」

「嗯，天底下沒人會討厭章魚。如果連那個都討厭，肯定不是甚麼好人。」

「一點也沒錯。這世上沒有比章魚更好的東西了。」

「是啊。你又是從哪來的？」

「我嗎？我從上海來。」

「那你果然也是中國人囉？中國人好像不是被做成藥，就是把別人做成藥四處兜售，真可悲。」

「那倒不是。在這一帶兜售的，都是老陳這個騙子，真正的中國人其實有很多都是正派的好人。我們可是孔聖人的後裔。」

「我聽不太懂，不過你的意思是說外面那傢伙就是老陳？」

「沒錯。唉，熱死了，要是可以打開蓋子就好了。」

「嗯。好。喂，陳先生。這裡面太悶熱了。能不能透點風進來？」

「等一下。」老陳在外面說。

「不趕快透透風，我們都要被蒸乾了。到時可是你的損失。」

老陳頓時在外面語帶驚慌：

「喂，那可不行，你就忍一忍吧。」

「這不是忍不忍的問題，我們也不是自己喜歡蒸發。是自然而然會蒸發。你還是快打開蓋子吧。」

「再等二十分鐘就好。」

「唷，沒辦法。那就麻煩你走快一點。傷腦筋。話說回來這裡就只有你一人嗎？」

「不，還有很多人。大家都在哭。」

「那真是太可憐了。老陳是個壞東西。我們難道就沒辦法恢復原形嗎？」

「辦法倒是有。你還沒有連骨頭都變成六神丸，所以只要吃了藥丸就會復原。你身旁那個黑色藥丸的瓶子就是。」

「這樣啊。那太好了，我馬上吃藥。可是，你們其他的人吃了也沒用嗎？」

「沒用。但是等你吃了藥恢復原形後，我想請你把我們泡在水裡好好搓揉。然後我們再吃藥的話，一定都能復原。」

「這樣啊。好，包在我身上。我一定會讓你們通通變回人形。你說的藥丸就是這個吧。至於這一瓶，是讓人變成六神丸的藥嗎？老陳剛才也和我一起喝了這種藥水，為什麼他沒有變成六神丸？」

「那是因為他同時也吃了藥丸。」

「噢——原來如此。如果老陳只吃了藥丸不知又會變成怎樣？本來就沒變形的人要變回原形好像也很怪。」

這時老陳在外面兜售的聲音響起：

「要不要買中國貨？老兄，買點中國貨吧。」

「我懂了，他又開始了。」山怪悄聲說著看熱鬧，結果蓋子忽然打開了，霎時之間明亮得讓人睜不開眼。但他還是勉強朝那邊望去，只見一個留著馬桶蓋髮型的小孩目瞪口呆站在老陳面前。

老陳已經拿起一顆藥丸送到嘴邊，一邊取出藥水和杯子。

「來，放心喝下去吧。這是長壽藥。吃了只有好處。」老陳又在表演那一套了。

「開始了，開始了。又要開始了。」有人在行李中說。

「我喝啤酒也喝茶，就是不喝毒藥。所以你放心喝吧。我先喝給你看。」

這時山怪悄悄吃下一顆藥丸。頓時，他不停變大變大再變大。

轉眼間，山怪已恢復原狀，又變回紅髮的大塊頭。老陳剛好正要把藥丸和藥水一起服下，當下大吃一驚，結果藥水灑了只吃下藥丸。這下子不得了，只見老陳的腦袋轉瞬之間拉長，變成原來的兩倍，個子也一下子變得好高。然後他大叫一聲撲向山怪。山怪變得圓滾滾死命逃跑。但是不論他怎麼跑好像都是在原地踏步。終於被老陳從後方一把揪住。

「救命啊！哇！」山怪大叫一聲，隨即就醒了。原來一切都是夢。

雲朵耀眼地飄過天際，枯草芬芳又溫暖。

山怪愣了一會，一下子望著之前扔出去的山鳥的閃亮羽毛，一下子思索是否該把六神丸的紙盒泡在水中搓揉，最後忽然打個大呵欠說：

「哼！可惡，這都是夢中事。老陳和六神丸都隨他去吧！」

然後他又打了一個呵欠。

# 柏樹林之夜

清作一邊念叨「天黑囉，天黑囉」，一邊努力把土堆在稗子的根部。

這時，黃銅鑄造的太陽已落到南方山腳的群青色[1]之處，原野異常寂靜，白樺樹幹彷彿敷了一層粉。

遠方的柏樹林那頭忽然傳來一個荒腔走板的怪聲音大吼：

「薑黃[2]帽子噹噹拉噹滴噹！」

清作嚇得臉色一變，扔下鋤頭就躡手躡腳悄悄奔向那邊。

正好來到柏樹林前時，清作忽然被人從後方拽住領子。

他吃驚地轉頭一看，一個頭戴紅色土耳其帽[3]，身穿鼠灰色怪異寬鬆服裝，腳上穿靴，個子非常高且眼神銳利的畫家氣呼呼地站在他面前。

「你走過來這是甚麼樣子！簡直像用爬的。鼠頭鼠腦！怎樣，你有話替自己辯解嗎？」

清作當然無話可辯解，而且他心想如果牽扯不清索性打一架算了，於是猛然仰天放聲大吼：

「紅帽子噹噹啦噹滴噹！」高個子畫家一聽，頓時鬆手放開清作的領子，發出吠吼般的笑聲。聲音響徹樹林之間。

「厲害，果然厲害。如何，要不要跟我一起在林子裡走走？對了，彼此都還沒打招呼呢。我先來吧。聽好，晚安，原野散落切成碎片的暗影。我的打招呼方式就是這樣。聽懂了嗎？該你了。嗯哼，嗯哼。」畫家說著突然露出不懷好意的表情，斜眼輕蔑地俯視清作。

清作已經心慌意亂，正值傍晚肚子大唱空城計，雲朵看起來就像糯米糰子，於是他連忙說：

「呃，晚安。這是美好的夜晚。呃。天空接下來將灑滿銀色黃豆粉。不好意思。」

---

1 群青色，鮮豔的藍綠色。

2 薑黃，此處指色彩名稱。從薑黃（薑科，熱帶亞洲原產的多年生草本植物）根部採集的染料顏色，是鮮黃色。

3 土耳其帽，無帽簷，頂部平坦，綴有流蘇。

沒想到畫家聽了非常高興，不停拍手，然後跳起來說：

「喂，走吧。我們去森林。我是來柏樹大王家作客的。我給你看好玩的東西。」

畫家忽然一本正經，扛起沾滿或紅或白亂七八糟各種顏料的顏料盒，匆匆走入森林。於是清作也沒拿鋤頭，就這麼兩手空空跟著走去。

林中是淺黃色[4]，瀰漫肉桂的香氣。可是入口數來第三棵的年輕柏樹正好抬起一隻腳模仿跳舞的動作，看到二人出現大吃一驚，之後又很難為情，尷尬地舔著抬起的那隻腳的膝蓋，一邊斜眼偷瞄二人走過。尤其是清作走過時，它還鄙薄地冷笑了一下。清作也不能拿它怎樣，只能默默跟著畫家走。

沒想到，每棵樹都對畫家和顏悅色，唯獨對清作擺臉色。

有一棵樹幹糾結嶙峋的柏樹，甚至在清作經過時，趁著光線昏暗突然伸出自己的腳想絆倒清作，可惜清作嘿咻一聲就跳了過去。

「出了甚麼事嗎？」畫家說著，轉頭看了一下，但立刻又扭回頭面向前方大步繼續走。

正好這時風吹來，林中的柏樹一起發出陰森的聲音說「清啊清啊清作啊，㾓啊㾓啊喉嚨㾓」想嚇唬清作。

沒想到清作反而自己咧開大嘴扯高嗓門說：

「嘻啊嘻啊清作啊，嘻啊嘻哈哈，哇哈哈！」把柏樹全都嚇破膽，就此靜悄悄。畫家啊哈哈、啊哈哈地像瘸子一樣笑得東倒西歪。

之後二人一路穿過樹木之間，終於來到柏樹大王面前。

大王大大小小總計有十九隻手和一根粗壯的腿。周圍有許多柏樹隨從一本正經地擔任護衛。

畫家砰地重重卸下顏料盒。這時大王伸直彎曲的腰，低聲對畫家說：

「你回來了？我一直在等你。這位是新客人吧。但這人不能留。他是前科

4 淺黃色，這個名詞可指淡黃色，也可指淺蔥色，也就是微帶綠色的淺藍色，此處指後者。

犯。有九十八次前科紀錄。」

清作氣得大吼：

「胡說八道！你說誰是前科犯！我可是正經人。」

大王也挺起崎嶇糾結的胸膛怒吼：

「你兇甚麼？我可是有證據的。而且白紙黑字紀錄得清清楚楚。你拿斧頭作惡留下的九十八隻腳尖到現在還留在這森林裡呢。」

「啊哈哈！這話太好笑了。所謂的九十八隻腳尖，應該是我砍樹後留下的九十八棵樹頭吧。那又怎樣？我可是給這座山的地主藤助送了二升酒。」

「那你怎麼沒有買酒送給我？」

「你有甚麼資格要我送給你！」

「不對，我有，我大有資格。去買酒給我！」

「你沒資格叫我買酒。」

畫家皺起臉，乾巴巴地站著旁觀二人吵架，就在這時，他忽然從樹林之間指著東方大喊：

「喂喂，別吵了，這樣會被玉盤老大笑話喔。」

一看之下，東方連綿的青色山脈上方，已升起大大的粉桃色月亮。月亮附近變成淺綠色，年輕的柏樹全都又蹦又跳朝那邊伸長雙手叫喊：

「月亮大人，月亮大人，月亮大人，

差點疏忽了您，對不起，

因為您的妝扮，和平日不同，

所以一時疏忽您，對不起。」

柏樹大王也捻著白鬍鬚嗯嗯有聲地定睛眺望月亮，然後靜靜地唱起歌。

「今夜的您，穿上淺粉色的

舊時衣裳。

柏樹林的今夜，

是夏之舞的，第三夜。

之後您將穿上，
今日的水藍色新衣裳。
柏樹林的喜悅，
掛在您的天上。」
畫家高興得拍手。
「唱得好，唱得好。好好好。夏之舞的第三夜。大家輪流出來唱歌吧。用自己作的詞自己編的曲唱自己的歌。我會替第一名至第九名分別畫個大獎牌，明天掛在得獎者的枝頭。」
清作也跟著湊熱鬧說：
「來吧。吊車尾的最後一名到第九名，明天會被我砍下，帶去可怕的地方喔。」
柏樹大王一聽很生氣。

「你說甚麼？沒禮貌！」

「我怎麼沒禮貌了？只不過再多砍九棵而已，反正我已經給地主藤助買酒了。」

「那你為什麼不買給我？」

「你沒資格叫我買酒。」

「我有，大有資格。」

「你沒有。」

畫家皺起臉拼命搖手說：

「你們怎麼又開始吵架了。算了我自己看著辦，還是開始唱歌吧。星星也逐漸出來了。準備好了嗎，我要唱囉。是獎品之歌喔。

第一名　是白金獎，

第二名　是金色獎，

第三名　是水銀獎，

第四名　是白鎳獎，
第五名　是白鐵獎，
第六名　是假金獎，
第七名　是灰鉛獎，
第八名　是白錫獎，
第九名　是火柴獎，
從第十名到一百名，
是不知道有沒有獎。」

柏樹大王頓時轉怒為喜哇哈哈大笑。

柏樹們面對大王圍成一個大圓圈。

月亮此刻正好換上水藍色新衣，所以照得周遭就像一汪淺水的水底，樹影彷彿淡淡紗網落在地面。

畫家的紅帽子也彷彿熊熊燃燒，站得筆直拿著本子舔鉛筆頭。

「好了，趕緊開始吧。先唱的得分比較高喔。」

這時一棵小柏樹猛然從圓圈跳出來，對大王行禮。

月光倏然變藍。

「你唱的歌叫做甚麼？」畫家煞有介事地皺起臉問。

「馬和兔子。」

「好，開始吧。」畫家在本子上做紀錄。

「兔子的耳朵長……」

「等一下。」畫家打斷他，「我的鉛筆斷了。我要去削一下，你等我。」

然後畫家脫下自己右腳的鞋子，把鉛筆放進裡面開始削。柏樹們站在遠處都很佩服，竊竊私語地圍觀。這時大王也忍不住說：

「哎，先生，謝謝你。你不想弄髒森林的這份心意，真是感激不盡。」

沒想到畫家坦然回答：

「不，這是因為待會我要用這些鉛筆屑釀醋。」

大王聽了有點尷尬地把臉撇向一旁，柏樹們也很掃興，就連月光都好像變得蒼白。

這時畫家削完鉛筆站起來，愉快地說：

「好了，你開始唱吧。」

柏樹們一陣鼓譟，月光也變得清澈碧藍，大王也重展笑顏嗯嗯附和。

年輕的柏樹挺起胸膛重新唱歌。

「兔子的耳朵長，

卻沒有馬耳長。」

「哇，唱得好唱得好。啊哈哈，啊啊哈哈。」大家又笑又叫。

「第一名，白金獎。」畫家一邊記在本子上一邊高喊。

「我要唱的是狐狸之歌。」

又一棵年輕的柏樹跳出來。月光已變得有點偏綠。

「好，開始吧！」

「狐狸，吭吭叫，小狐狸，

尾巴在月夜燃燒。」

「哇，唱得好唱得好。哇哈哈，哇哈哈。」

「第二名，金色獎。」

「接著輪到我了。我要唱的是貓咪之歌。」

「好，開始吧！」

「山貓，喵嗚叫，咕嚕咕嚕，

家貓，跛著腳，咕嚕咕嚕。」

「哇，唱得好唱得好。哇哈哈，哇哈哈。」

「第三名，水銀獎。喂，各位，也派個大傢伙出來嘛。幹嘛這樣扭扭捏捏。」畫家露出有點不懷好意的表情。

「我要唱的是核桃樹之歌。」

一棵比較大的柏樹靦腆地站出來。

「好，大家安靜聽。」

柏樹唱了起來。

「核桃是綠意中的金色，哪，
被風吹拂，晃呀晃呀晃，
核桃是綠色的天狗扇子，
被風吹拂，紛紛搖晃，
核桃是綠意中的金色，哪，
被風吹拂，閃呀閃亮亮。」

「很棒的男高音喔。唱得好，哇哇哇……」

「第四名，白鎳獎。」

「我要唱的是猴子的板凳。」

「好，開始吧。」

柏樹兩手叉腰。

「小猴子，小猴子，
你的板凳濕濕的，
霧氣飄來飄去，無所不在，
你的板凳會腐爛。」
「這個男高音唱得好，唱得好，唱得好，哇哇哇……」
「第五名，白鐵獎。」
「我要唱的是帽子歌。」這次開口的是入口數來的第三棵樹。
「好，開始。」
「薑黃帽子噹噹啦噹滴噹，
紅帽子噹噹啦噹滴噹。」
「唱得好唱得好。太棒了。哇哇哇……」
「第六名，假金獎。」
之前本來一直老老實實安靜傾聽的清作，這時忽然叫了起來：

「搞甚麼，這首歌是假的！是抄襲人家之前唱的歌！」

「閉嘴，沒禮貌，這裡沒你講話的份！」柏樹大王氣呼呼咆哮。

「你說甚麼，因為是假的我才說是假的。你這麼自大，小心我明天就拿斧頭來把你們砍個精光喔。」

「你說甚麼，可惡。你沒資格講這種大話。」

「誰說的，我明天就去買二升酒送給地主藤助。」

「那你為什麼不買給我？」

「你沒資格叫我買。」

「你去買。」

「憑甚麼。」

「好了好了，既然是假的就頒發假金獎。不要吵架了。好了，接下來該誰了。快出來快出來。」

月光碧藍澄澈，照得四周彷彿湖底。

「我要唱的是清作之歌。」
又一棵看似強壯的年輕柏樹站出來。
「你說甚麼？」清作上前就想揍人，畫家連忙阻止。
「別急，先等一下。就算是唱你的歌，也不見得是壞話。好，開始吧。」
柏樹搖晃著腳開口唱：
「清作穿著一等兵制服，
去原野摘了很多葡萄。
就這樣。換人出來接著唱吧。」
「噢——噢——」柏樹們瘋狂發出噓聲，對著清作嘲笑起鬨。
「第七名，灰鉛獎。」
「我來接著唱。」緊靠剛才那棵樹旁邊的另一棵柏樹跳出來。
「好，開始吧。」
柏樹瞄了清作一眼，有點輕蔑地笑了，隨即一本正經開始唱。

「清作把葡萄都榨成汁，

加入砂糖，

裝滿瓶子。

喂，換人來接著唱吧。」

「噢噢，噢噢，噢噢……」柏樹們發出像風似的怪聲起鬨嘲笑清作。

清作恨得牙癢癢，只想跳起來把每棵樹都好好收拾一番，可是畫家擋在前面，讓他始終沒機會出手。

「第八名，白錫獎。」

「接著我來唱。」剛才那棵樹的旁邊，又跳出一棵樹。

「好，開始吧。」

「清作儲存在倉庫的葡萄酒，

一瓶接一瓶，

全都破光光。」

「哇哈哈哈，哇哈哈哈，噢噢，噢噢，噢噢。嘰嘰喳喳……」

「吵死了。你們這些傢伙幹嘛專門惦記別人的酒。」清作想衝出去，卻被畫家牢牢抓住。

「第九名，火柴獎。好，下一個下一個，快出來。儘管出來別客氣。」

可是大家陷入沉默，再也沒有一個人站出來。

「這可不行。出來，出來，一定要大家都出來唱。快出來！」畫家大吼，但就是沒人肯出來。

畫家很無奈，只好說：

「這次我會頒個特別好的獎牌喔。快出來。」柏樹們一聽頓時起了騷動。

這時樹林深處響起沙沙沙的聲音，接著有很多貓頭鷹在月光下揮舞著淡藍色的翅膀紛紛出現，落在柏樹的頭上和手上、肩膀、胸口，叫囂著：

「喏囉吱嘰噢轟，喏囉吱嘰噢轟，

噢轟，噢轟，

咕嘰咕嘰噢轟，

噢轟，噢轟。」

身披氣派金飾毛的貓頭鷹老大，悄無聲息地迅速飛來，來到柏樹大王的面前。赤紅的眼袋看起來很奇特。似乎已經很老了。

「晚安，大王陛下，還有高貴的客人，今晚我們正好也在舉行飛行和抓裂術的大考，剛剛才終於結束。

接下來我們何不聯合舉行狂歡舞會？因為你們唱的歌太怪腔怪調，連我們那邊都聽見了，所以才這樣不請自來。」

「說誰怪腔怪調？可惡！」清作大吼。

柏樹大王假裝沒聽見，用力點頭說：

「沒問題。非常好。那就立刻開始吧。」

「既然如此。」貓頭鷹將軍朝往夥伴的方向轉身，發出甜膩如黑砂糖的歌聲：

「烏鴉勘左衛門，
漆黑的腦袋昏沉沉，
鳶藤左衛門，
一升濃油滑又稠，
黑暗中是我貓頭鷹族，
英勇的武士，
抓蚯蚓的時機，
是偷襲睡鳥的時機。」
貓頭鷹像傻瓜一樣紛紛大吼：
「喏囉吱嘰噢轟，
噢轟，噢轟，
咕嘰咕嘰噢轟，
噢轟，噢轟。」

柏樹大王蹙眉說：

「你們的歌聽起來太粗俗了。不是君子該聽的。」

貓頭鷹將軍露出怪異的表情。這時，掛著紅白綬帶的貓頭鷹副官笑著打圓場：

「哎呀，今晚還是別生氣吧。這次我們會唱高雅的歌。大家一起跳舞吧。樹木和鳥都準備好了嗎？

月亮啊月亮，圓又圓。

星星啊星星，閃亮亮。

柏樹硬邦邦，噹啷啷。

貓頭鷹呼嚕，噢轟轟。」

柏樹舉起雙手向後仰，彷彿要把頭和腳甩上天，拼命盡情舞蹈。貓頭鷹也跟著將銀色翅膀開開合合。雙方搭配得很有默契。月光如珍珠有些朦朧，柏樹大王也開心地立刻引吭高歌。

「大雨落下，嘩啦啦。
狂風呼嘯，呼呼呼。
冰霰灑落，啪啦啦。
大雨落下，嘩啦啦。」
「啊，不好！開始起霧了。」貓頭鷹副官高喊。
的確，月亮已被淡藍色霧氣掩蓋，只能看到模糊的圓形，霧氣如箭矢迅速落到樹林中。
柏樹全都嚇壞了，不是抬起一隻腳就是雙手胡亂伸出，吊起雙眼就這樣像化石一樣呆立。
冰冷的霧氣倏然拂過清作的臉。畫家不知去哪了，只留下紅帽子，人卻消失無蹤。
還沒學會霧中飛行術的貓頭鷹，驚慌拍翅逃走的聲音響起。
於是清作走出森林。柏樹全都保持舞蹈的姿勢很遺憾地斜眼目送清作離開。

清作走出樹林仰頭一看，剛才還高掛月亮的地方如今只剩朦朧光暈，這時一朵形似黑狗的烏雲飄過，樹林遠遠那頭的沼森[5]一帶，隱約響起畫家竭力嘶喊的聲音：

「紅帽子噹噹啦噹滴噹！」

5 沼森，小岩井農場東北方四公里之處的山，標高五八一．八公尺。東麓有沼森平原。

# 月夜的電線桿

某晚，恭一穿上草鞋匆匆走在鐵軌旁的平地。

這種行為的確要罰款。而且萬一火車來了，從車窗伸出甚麼長棍子，八成會被一棍子打死。

但這天晚上，他甚至無暇張望鐵軌四周，也沒碰上從車窗伸出棍子的火車。反倒看見奇怪的景象。

初九的月亮高掛天上。天空布滿魚鱗雲。月光彷彿已滲透五臟六腑，魚鱗雲看起來全都飄忽不穩。從那些雲朵之間不時冒出寒星閃爍。

恭一匆匆趕路，終於來到已可清晰看見火車站燈光的地方。眼前是兀然亮起的紅色燈光，以及宛如硫磺火焰的朦朧紫光，如果瞇起眼看，還以為來到一座大城。

突然間，右手邊的信號桿喀噹搖晃，上方的白色橫木朝下方斜斜落下。這倒沒啥好稀奇的。

只不過是平交道的信號桿放下。有時一個晚上會發生十四次。

可是接下來不得了了。

之前就在鐵軌左側嗡嗡不停鳴叫的成排電線桿耀武揚威地一齊朝北邊邁步。而且身上都裝飾著六顆陶瓷肩章，頭上戴著綴有鐵絲標槍的鋅帽，單腳跳著向前走。而且似乎很瞧不起恭一，經過時還冷眼斜瞄他。

鳴聲漸漸高亢，如今已變成頗有古風的雄壯軍歌。

哆登登哆登登，哆登登哆，
電線桿軍隊，
比起速度無人匹敵，
哆登登哆登登，哆登登哆，
電線桿軍隊，
論及紀律永遠第一。

尤其是其中一根電線桿還聳起肩膀威風凜凜走過，彷彿連桁架都喀喀發出聲音。

一看之下，對面六根桁架上綴著二十二枚陶瓷肩章的電線桿，同樣一起唱著軍歌走來。

哆登登哆登登，哆登登哆，
二根桁架的工兵隊，
六根桁架的龍騎兵[1]，
哆登登哆登登，哆登登哆，
一列一萬五千人
鐵絲牢牢綑成團。

不知怎地，有二根電線桿的桁架靠在一起，拖著跛足一起走來。而且好像很累似地搖頭晃腦，接著嘴一咧，吐出一口長氣，搖搖晃晃幾乎倒下。

這時緊跟在後面精神抖擻的電線桿大吼：

「喂，走快點。是不是鐵絲鬆了！」

二人非常艱難地一起回答：

「我們累得走不動了。腳尖都開始蛀蝕了。長靴的焦油也全都變形了。」

後方的電線桿不耐煩地大吼：

「走快點，快點！不管你們哪個倒下，一萬五千人全部都得負起責任呢。快走啊。」

二人只好搖搖晃晃邁開步子，後方不斷還有電線桿走來。

哆登登哆登登，哆登登哆，

1　龍騎兵，出現於歐洲十六、七世紀起穿盔甲的騎兵。或許是因為軍旗有龍的徽紋。法語的dragon在現代是指摩托車部隊，進而被轉用於裝甲部隊之意。

綴有長槍的銲帽，

小腿就像柱子。

哆登登哆登登，哆登登哆，

掛在肩上的肩章，

彰顯重要的職責。

二人的影子已經走到很遠的暗綠色樹林那頭，月亮從雲中倏然出現，周遭頓時大放光明。

電線桿都很高興。來到恭一面前時，還刻意驕傲地挺起肩膀或者斜眼朝他一笑。

沒想到，就在六根桁架的後方，還有三根桁架配戴火紅肩章的軍隊在行走。無論是旋律或歌詞，他們的軍歌好像都和這邊大不相同，只是這邊的歌聲太高亢，所以聽不見那邊在唱甚麼。這邊還在繼續向前走。

哆登登哆登登，哆登登哆，
即便寒冷澈骨，
為何該放下桁架，
哆登登哆登登，哆登登哆，
饒是炎熱融化硫磺，
也不能摘下肩章。

電線桿絡繹走去，恭一光是旁觀都有點累了，不禁心神恍惚。電線桿如河水川流不息走過。雖然大家經過時都會看恭一，但恭一已經感到頭疼，默默低頭不語。

這時遠方忽然在軍歌聲中夾雜著沙啞的「一二一，一二一」。恭一吃驚地抬起頭。隊伍旁有個身材矮小的黃臉老頭，穿著破破爛爛的灰色外套，環視電線桿的隊伍，一邊喊著「一二一」的口令。

被老頭注視的電線桿，會變得像木頭一樣堅硬，腳也變得很僵硬，目不斜視地前進，那個怪老頭這時已經走到恭一面前。然後他斜眼看了恭一一會，就對著電線桿下令：

「步伐一致，喂！」

這時電線桿有點亂了步調，但還是繼續唱軍歌。

哆登登哆登登，哆登登哆，

左右的西洋劍，

細長無可比擬。

老頭在恭一面前停下，略微彎腰。

「你好，你一直在看行軍嗎？」

「對，我看了。」

「這樣啊，那就沒辦法。我們做朋友吧，來，握個手。」

老頭甩起破外套的袖子，伸出黃色的大手。恭一只好也伸出手。老頭發聲喊就握住他的手。

頓時，老頭的眼球像老虎一樣劈哩啪啦冒出藍色火星，恭一已經渾身抽搐差點向後倒下。

「哈哈，很痲吧，這樣已經算是很微弱的電力了。如果我再用力一點握手，你恐怕會被燒得焦黑。」

軍隊還是繼續向前走。

哆登登哆登登，哆登登哆，

塗了焦油的長靴，

一步就有三百六十尺。

恭一感到很害怕，牙齒喀喀顫抖。老頭望了一會月亮和雲層的模樣，但是看恭一臉色蒼白渾身發抖的樣子似乎覺得很可憐，於是用稍微平靜的態度說：

「我是電力總長。」

恭一總算稍微安心了，

「電力總長也是電力的一種嗎？」他問。老頭聽了又生氣了。

「無知的小鬼。我可不是普通的電力。換句話說，是所有電力之長，『長』就是首領。也就是說，我是電力將軍。」

「當上大將軍一定很有趣吧？」恭一傻呼呼地問，老頭聽了開心得整張臉都笑得皺巴巴。

「哈哈哈，當然有趣。你瞧，那些工兵，那些龍騎兵，還有對面的擲彈兵，通通都是我的部下。」

老頭倏然臉色一正，鼓起一邊臉頰仰望天空。然後對著正巧經過他面前的一根電線桿大吼：

「喂喂，你在東張西望甚麼！」那根電線桿頓時嚇得跳起來，腿也嚇得發軟，慌忙直視正前方走開。接著又有許多電線桿絡繹走來。

「有個知名的故事你知道吧？就是那個嘛，兒子住在英國倫敦，爸爸住在蘇格蘭的科克夏。兒子發電報給爸爸。這故事我都有記在本子上喔。」

老頭說著取出記事本，然後拿出大眼鏡煞有介事地戴上，接著又說：

「你聽得懂英文嗎？send my boots instantly，電報上面說『請立刻送長靴來』，結果住在科克夏的老爸就急忙把長靴掛在我的電線桿鐵絲上。哈哈哈，哎，真是傷腦筋啊。而且不只是英國，十二月的時候如果去軍營看了就知道，聽到上等兵說『喂，去關燈』，每年都會有五、六個新兵對著電燈呼呼吹氣想把燈吹熄。在我的軍隊裡，這種人可是一個也沒有喔。你住的地方也是，起初剛安裝電燈時，大家經常說電力公司每個月大概要耗費一萬公升的燈油。哈哈哈！怎麼樣？如果是像我這樣懂得能量不變定律[2]和熱力學第二定律[3]的人倒是不覺得奇怪，如何，我的軍隊很有紀律吧？軍歌也是這麼唱的。」

電線桿全都面向正前方，一本正經地走過，同時扯高嗓門大吼：

哆登登哆登登，哆登登哆，

讓電線桿軍隊，

名揚寰宇全球。

這時，鐵軌遠處出現二團渺小的紅色火光。老頭頓時驚慌失措。

「啊，不好，火車來了。萬一被人看到就麻煩了。必須立刻停止行軍。」

老頭舉起一隻手，朝著電線桿隊伍大喊：

「全體立正，喂！」

電線桿立刻全體靜止，又恢復平日的模樣。軍歌也變成普通的嗡嗡聲。

火車轟然駛來。火車頭的煤炭燒得火紅，火夫雙腳用力撐地，渾身漆黑地站在火前。

但是客車廂的窗子全都是暗的。老頭看了突然說，

「咦，電燈怎麼熄了？這下子糟了。不像話。」說著已像兔子一樣拱起背鑽進奔馳的火車底下。

「危險！」恭一正想阻止時，車廂的窗口倏然亮起，一個年幼的孩子舉起手高喊：

「變亮了！哇！」

電線桿靜靜低吟，信號桿喀搭一聲升起，月亮又鑽進魚鱗雲中了。

而火車，似乎已抵達火車站。

2 能量不滅定律，關於熱能的最普遍三大法則之一。能量可改變各種形式，但在變化中能量不會增減。

3 熱力學第二定律，關於熱能的最普遍三大法則之二。能量的轉移有固定方向，比方說「熱能不會自動從低溫轉為高溫」、「熱的過程不可逆轉」等等。

# 鹿舞的起源

當時西方閃亮的捲雲之間，火紅的夕陽斜照在苔原，芒草如白焰搖曳發光。我疲倦地睡著了，呼呼吹來的風，聽起來漸漸彷彿人語，最後，它開始訴說如今的北上山及原野舉行的鹿舞[1]真正的精神。

在那裡還是整片野草和黑森林的時候，嘉十和爺爺們從北上川的東邊搬來，開墾出小片田地，種植小米和稗子。

有一次，嘉十從栗子樹掉下來，左膝受了一點傷。這種時候大家總是去西方山裡的溫泉，搭個小屋住在那裡療養。

天氣晴朗的日子，嘉十也會出門。背著乾糧和味噌、鍋子，拖著跛足緩緩走過已經冒出銀穗的芒草原。

越過許多小溪和石原後，山脈逐漸變得巨大清晰，山上的樹也一棵棵如金髮蘚歷歷分明時，太陽已經西斜，在十棵青翠的赤楊樹[2]上方發出略顯蒼白的光芒。

嘉十把背上的包袱一股腦卸在草地上，取出七葉樹果和小米做的糰子吃。

芒草一叢又一叢，最後彷彿整片原野都是，發出潔白的光芒隨風起伏。嘉十吃著糰子，心裡覺得黝黑挺立在芒草中的赤楊樹幹實在很挺拔。

但是拼命走了這麼久的路，肚子好像不吃都飽了。於是嘉十最後剩下七葉樹果那麼大[3]的糰子。

「這個就給鹿吃吧。鹿，過來吃。」嘉十自言自語，把那塊糰子放在梅花草[4]的白花下。然後又扛起包袱慢吞吞邁步。

沒想到走了一會後，嘉十發現手帕被他遺落在剛才休息的地方，急忙回頭去找。走到那片黝黑的赤楊樹清晰可見之處時，還沒有問題。

但嘉十隨即猛然停下腳步。

---

1 鹿舞，戴上鹿頭面具，敲打胸前掛的大鼓一起跳舞。是岩手縣及宮城縣的傳統民俗藝能。
2 日本赤楊（Alnus japonica），樺木科赤楊屬。生於日本各地林野或田地邊的落葉喬木。
3 直徑約二公分。
4 梅花草（Parnassia palustris），衛矛科梅花草屬。多年生草本植物，生於丘陵及高山帶日照充足的濕地。高十至四十公分，夏季至初秋開出形似梅缽紋的白花，雄蕊為黃色。

因為那邊顯然有鹿。

至少有五、六隻鹿，伸長了濕漉漉的鼻子，似乎在安靜漫步。

嘉十小心不碰觸芒草，踮起腳尖悄悄踩著苔蘚朝那邊走。

鹿群分明是為了他剛才扔的那個糰子來的。

「啊，這些鹿果真立刻來了。」嘉十憋著笑聲咕噥。然後彎下腰小心翼翼地偷偷靠近。

嘉十從一叢芒草後面稍微探頭，當下吃驚地又縮回去。因為他看到六隻鹿在剛才那片草地上圍成一圈不停繞圈子。嘉十躲在芒草之間屏息偷窺。

太陽正好升到一棵赤楊樹的頂端，樹梢因此發出異樣的綠光，彷彿是青綠色的生物佇立在那裡俯瞰鹿群。芒草穗也根根閃爍銀光，鹿群的毛色在這天顯得格外美麗。

嘉十很開心，單膝跪地悄悄觀賞。

鹿群圍成一個大圈，不停繞呀繞，但仔細一看，每隻鹿好像都在注意圓圈中央。最好的證據，就是牠們的腦袋和耳朵眼睛全都轉向那邊，不時還像被拽住似的，蹣跚離開圓圈兩三步，好像想朝那邊走近。

當然，那個圓圈中央，放著剛才嘉十扔的糰子，但鹿群頻頻注意的絕非糰子，關注點倒像是在糰子旁邊的草地上，嘉十遺落的那條扭曲成く形的白手巾。嘉十輕輕用手掰著疼痛的雙腳，在苔原上端坐。

鹿群繞圈的速度越來越慢，大家輪流將一隻前腳伸進圈中，看起來好像即將奔跑，卻又嚇得縮回來，篤篤篤地安靜奔跑。牠們的腳步聲清脆地響徹原野的黑土底層。之後鹿群停止繞圈，全都朝手巾聚集過來。

嘉十的耳朵忽然嗡嗡響。身體也不停哆嗦。因為鹿群在風中搖曳如草穗的心聲，化為波浪傳來了。

嘉十懷疑自己的耳朵出了問題。他竟然聽見鹿群在交談。

「不如我去看看吧。」

「不行，太危險了。還是再觀望一下吧。」

他聽見鹿群這麼說。

「萬一像上次那隻狐狸一樣落入陷阱就沒意思了，只不過是顆糰子罷了。」

「是啊是啊，有道理。」

他也聽見這樣的對話。

「說不定那是生物。」

「嗯，的確也有點像生物。」

他還聽見這樣的對話。後來終於有一隻鹿似乎下定決心，脫離圓圈筆直走向圓圈中央。

大家都停下腳步看著。

走上前的鹿，盡可能向前伸長脖子，四隻腳卻像有千斤重似地戰戰兢兢走近手巾，隨即驚慌得高高跳起，掉頭就落荒而逃。周遭的五隻鹿也想一齊向四方逃竄，但第一隻鹿又猛然駐足，於是牠們這才安心，慢吞吞回到那隻鹿面前聚集。

「怎麼樣？那個白白長長的東西到底是甚麼？」

「上面還有直條皺紋呢。」

「所以不可能是生物，一定是蕈菇，是毒菇。」

「不對。不是蕈菇。一定是生物。」

「是這樣嗎？生物還有皺紋，可見很老了吧。」

「一定是很老的衛兵。哈哈哈。」

「呵呵呵，是個蒼白的衛兵。」

「哈哈哈，是蒼白的衛兵。」

「這次換我去看看。」

「你去吧，沒事。」

「那不會咬人吧？」

「不會，沒問題。」

於是又有一隻鹿戰戰兢兢走上前。其他五隻躲在另一邊窸窸窣窣搖晃腦袋旁觀。

走上前的那隻鹿，一再露出非常害怕的樣子，縮起四隻腳拱起背部然後又伸展，小心翼翼地向前走。

最後終於走到離手巾一步之處，那隻鹿伸長脖子用力嗅聞，隨即跳起逃回來。大家也嚇了一跳差點落荒而逃，但那隻鹿猛然停下，大家這才安心，朝那隻鹿聚集過去。

「怎麼樣？你幹嘛逃回來？」

「我以為牠會咬人。」

「那到底是甚麼玩意？」

「不知道。總之看起來白白的又藍藍的，兩種毛色都有。」

「聞起來的味道呢？甚麼味道？」

「很像柳葉的味道。」

「奇怪，牠會呼吸嗎？」
「不知道，這個我沒注意。」
「這次換我去吧。」
「那你去試試。」
第三隻鹿也戰戰兢兢地走去。這時正好一陣風吹得手巾動了一下，那隻鹿嚇得立刻愣住，圍觀的鹿群也嚇一跳。但鹿似乎還是鎮定下來了，又繼續小心翼翼前進，最後伸長鼻尖已可觸及手巾。
另一頭的五隻鹿面面相覷地點點頭。這時緩緩前進的鹿忽然躍起，一溜煙地逃回來。
「你幹嘛逃回來？」
「因為太恐怖了。」
「那傢伙有呼吸嗎？」
「不知道，沒有聽見呼吸聲。好像也沒嘴巴。」

「那牠有腦袋嗎？」

「這個也不確定。」

「那這次換我去吧。」

第四隻鹿走上前。同樣也是戰戰兢兢。但牠還是勇敢地走到手巾前面，似乎抱著破釜沉舟的決心，突然用鼻子頂了一下手巾，然後立刻縮回來，一溜煙逃回來。

「噢，很柔軟呢。」

「像泥巴嗎？」

「不像。」

「像草嗎？」

「不像。」

「像羊婆奶[5]的毛嗎？」

「嗯，比那個稍微硬一點。」

「是甚麼呢？」

「總之是生物。」

「果然是活的啊。」

「嗯，還有汗臭味。」

「那我也去一趟瞧瞧。」

第五隻鹿也戰戰兢兢走上前。這隻鹿似乎特別耍寶。把腦袋整個垂在手巾上，然後非常疑惑地動了一下腦袋。圍觀的五隻鹿都跳起來大笑。

那隻鹿因此很得意，伸出舌頭舔了一下手巾，似乎當下很害怕，張大嘴巴露出舌頭，一陣風似地跑回來。大家也非常驚愕。

「怎樣，怎樣，被咬了嗎？痛不痛？」

「噗嚕嚕嚕嚕嚕。」

5 羊婆奶，蘿藦的眾多別名之一。蘿藦（Metaplexis japonica）是蘿藦科蘿藦屬多年生草本植物，生於日照充足的各地原野。種子有白色絲狀絨毛，這種毛也代替棉絮做成針插或印泥。

「舌頭被扯掉了嗎？」
「噗嚕嚕嚕嚕嚕。」
「怎樣了，怎樣了，怎樣了，說啊。」
「呼——啊啊，舌頭都縮起來了。」
「是甚麼味道？」
「沒味道。」
「是活的嗎？」
「不知道。這次你去吧。」
「好。」
最後一隻鹿也戰戰兢兢走上前。大家搖頭晃腦看熱鬧，只見那隻鹿低頭聞了手巾半晌，好像覺得已不用擔心，忽然叼起手巾跑回來。其他的鹿激動得又蹦又跳。
「噢，厲害，厲害，把那傢伙拿到手，就再也不用擔心了。」

「這玩意一定是乾掉的大蝸牛。」
「好了，各位，我要唱歌了，大家繞圈圈。」
那隻鹿加入夥伴之中開始唱歌，大家圍著手巾不停繞圈子。

原野的中央，出現怪玩意，
令人垂涎的，七葉樹糰子，
七葉樹糰子，固然很好吃。
麻煩的是旁邊，有個蒼白衛兵，
看似嚴肅伸長腿。
蒼白衛兵軟綿綿，
不會叫也不會哭，
身材瘦長有斑點，
到底哪是嘴哪是頭，

原來是曬乾的蛞蝓。

鹿群邊跑邊跳邊繞圈子，不時一陣風似地上前用鹿角去頂手巾或用腳去踩。嘉十的手巾可憐兮兮地沾上泥土甚至被戳出很多個洞。

這時鹿群繞圈子的速度漸漸放慢。

「嗅，接下來該吃糰子了。」

「嗅，是煮的糰子。」

「嗅，圓滾滾呢。」

「嗅，好想大口咬下。」

「嗅，我流口水了。」

「嗅，不錯。」

之後鹿群散開，從四面八方圍著糰子聚集。

然後由第一隻走向手巾的鹿帶頭，大家輪流各咬一口糰子。六隻鹿只吃了豆子般那麼小一塊。

之後鹿群又圍成圓圈，開始不停繞圈子。

嘉十偷看鹿群看了太久，甚至覺得自己也變成鹿，很想立刻跳出去，但自己的大手立刻映入眼簾，他只好暗自扼腕，繼續屏息偷窺。

這時太陽正好掛在赤楊樹梢中，發出略帶黃色的光芒。鹿群漸漸放慢繞圈的速度，互相匆匆點頭，然後排成一列面向太陽，站得筆直彷彿在膜拜太陽。嘉十已經看得如痴如醉好像在作夢。

最右邊的那隻鹿細聲吟唱：

赤楊樹的
翠綠碎葉後方，
明晃晃的
高掛著太陽。

那清亮如水晶笛子的聲音，讓嘉十閉上眼渾身顫抖。右邊數來第二隻鹿，忽然跳起來，然後身體如波浪扭曲起伏，鑽過夥伴之間，一再朝太陽垂首行禮。最後又回到自己的原位後就此站定高歌。

若將太陽
揹在背上，赤楊樹也
破碎發光
宛如鐵鏡。

嘉十不由嘆服，自己也膜拜起偉大的太陽與赤楊樹。右邊數來第三隻鹿不停上上下下點頭，然後高歌。

太陽就算落到
赤楊樹的後方，
芒草花的銀邊
還是分外閃亮。

的確，大片芒草就像純白的火焰熊熊燃燒。

挺立在
鑲銀邊的芒草中，
赤楊樹的小腿
落下長長的影子。

第五隻鹿把頭垂得很低，呢喃般開始歌唱。

鑲銀邊的芒草下，
已是日暮黃昏，
就連螞蟻
也不去苔原。

這時鹿群都垂下頭，第六隻鹿突然仰起脖子高歌。

鑲銀邊的
芒草底下，
全都開著梅花草，
可愛的花朵。

之後鹿群發出短笛似的叫聲跳起來，激烈地轉圈子。

北方吹來寒風，咻咻呼嘯，赤楊樹真的像破碎的鐵鏡般閃爍，甚至彷彿可以聽見葉片互相摩擦發出堅硬的脆響，芒草穗好像也和鹿群一起轉啊轉地繞圈子。

嘉十已經完全忘記自己和鹿群的不同，高喊著「噢，跳啊，跳啊」衝出芒草叢。

鹿群當下嚇得全都直立起來，隨即像是疾風掃落葉般歪身倉皇逃走。牠們撥開起伏的銀色芒草，攪亂閃爍的夕陽流動，逃得很遠很遠，牠們跑過之後，芒草就像平靜的湖水久久閃爍粼粼波光。

這時嘉十笑了一下，撿起沾滿泥土的破手巾，自己也開始朝西方走去。

之後——對了對了，這個故事，我就是在苔原的夕陽中聽澄澈的秋風說的。

# 踏雪

## 踏雪　之一（小狐狸紺三郎）

雪地凍得硬邦邦，比大理石還硬，天空也像是冰冷光滑的青石板鋪成。

「硬雪硬邦邦，凍雪冰涼涼[1]！」

太陽發出熾熱的白光灑落百合芳香，將雪地照得晶瑩璀璨。

樹木全都結了閃亮的冰霜，彷彿裹了糖霜。

「硬雪硬邦邦，凍雪冰涼涼！」

四郎和寬子穿著小雪鞋[2]踢踢躂躂來到原野。

還有哪天能比這樣的日子更有趣嗎？無論是平時不能走的黍米田，或芒草叢生的原野上，此刻都可以想走多遠就走多遠。平坦的地方就像一整片木板而且有如許多很小很小的鏡子一樣閃爍發光。

「硬雪硬邦邦，凍雪冰涼涼！」

二人來到森林附近。就連高大的柏樹都掛滿晶瑩剔透的冰柱，不堪負荷地彎下腰。

「硬雪硬邦邦，凍雪冰涼涼。小狐狸想娶新娘，娶新娘！」二人對著森林高喊。

好半晌都悄然無聲，於是二人吸口氣又準備大喊，這時一隻白色的小狐狸一邊說「凍雪冰涼涼，硬雪硬邦邦」一邊踩著積雪走出來。

四郎有點驚訝，連忙把寬子護在身後，雙腳用力撐地運氣大吼：

「狐狸吭吭叫啊白狐狸，想娶新娘就自己去娶！」

這時，狐狸雖然還小卻捻著銀針似的鬍鬚說：

「四郎是小四，寬子是小寬，我才不稀罕新娘。」

四郎笑著說：

---

1 「硬雪硬邦邦，凍雪冰涼涼」，是岩手地區代代相傳的童謠。

2 雪鞋，用稻草編成，高及腳踝以上的鞋子。

「小狐狸吭吭叫，小狐狸不要新娘，那是要麻糬嗎？」

結果小狐狸搖了兩三下頭，打趣說：

「四郎是小四，寬子是小寬，我請你們吃黍米糰子吧。」

寬子覺得太有意思了，所以也躲在四郎後面悄聲唱：

「狐狸吭吭叫啊小狐狸，小狐狸給的糰子其實是兔子屎。」

結果小狐狸紺三郎笑著說：

「哪裡，才沒那回事。像你們這麼了不起的大人物怎麼能吃兔子拉的褐色糰子。我們狐族這些年根本沒騙過人，這完全是天大的冤枉。」

四郎吃驚地問：

「你的意思是說，狐狸喜歡騙人的說法是假的？」

紺三郎熱心地解釋：

「當然是假的。而且是最過分的謊言。聲稱自己被騙的人多半不是喝醉了，就是自己嚇自己的膽小鬼。說來很有意思喔。上次甚兵衛在月夜時，坐在我家門前整晚大唱淨琉璃呢。我們全都跑出去觀賞。」
四郎聽了大叫：
「若是甚兵衛的話，不可能是唱淨琉璃。他喜歡唱的一定是浪花謠曲啦！」
小狐狸紺三郎露出恍然大悟的表情說，
「對，或許是吧。總之我請你們吃糰子。我的糰子是我親自下田播種除草割稻磨粉揉成丸子蒸熟再撒上砂糖做成的。要不要嘗嘗看？我送你們一盤吧。」
四郎笑著答道：
「紺三郎，我們正好剛吃過麻糬，所以肚子還不餓呢。還是下次吧。」
小狐狸開心地揮舞短小的胳臂說：
「這樣子啊。那下次幻燈片欣賞會的時候我再請你們吃。你們一定要來參加幻燈片欣賞會。就是下次冰雪凍結的月夜。晚間八點開始，我先給你們入場券吧。你要幾張？」
「那就給我五張。」四郎說。

「五張嗎？除了你們兩個之外還有三張要給誰？」紺三郎說。

「我的哥哥們。」四郎回答。

「你哥哥不滿十一歲嗎？」紺三郎又問。

「不，我小哥四年級，所以八歲入學的話今年是十二歲。」四郎說。

紺三郎聽了煞有介事地又捻著鬍鬚說：

「那麼很遺憾，你哥哥們不能去。只有你們兩個能去。我會替你們準備特別座，很有意思喔。幻燈片欣賞會的第一段節目是『不可飲酒』。這是你村子的太右衛門和清作喝了酒後，頭暈眼花要吃原野的假豆沙餅和假蕎麥麵的那一幕。我本人也在照片中。第二段是『小心陷阱』。這是我們狐族的狐兵衛在原野誤入陷阱的情景。是畫，不是照片。第三段是『小心火燭』。這是我們狐族的狐助去你家，結果尾巴著火的情景。請一定要來觀賞。」

二人愉快地點頭。

小狐狸可笑地彎起嘴，開始踢踢躂躂踢踢躂躂地跺足，甩著尾巴和腦袋想了一會，最後好像總算想到甚麼主意，揮舞雙手打拍子開始唱歌。

「凍雪冰涼涼，硬雪硬邦邦，

　原野的豆沙餅啵啵啵。

醉醺醺的太右衛門，

　去年吃了三十八個。

凍雪冰涼涼，硬雪硬邦邦，

　原野的蕎麥麵呵呵呵。

醉醺醺的清作，

　去年吃了十三碗。」

四郎和寬子也被感染，不禁跟著狐狸一起跳。

踢踢躂躂。踢踢躂躂。踢踢踢，踢，躂躂躂。

四郎高歌：

「狐狸吭吭叫啊小狐狸，去年狐族的狐兵衛，左腳陷入陷阱，吭吭叫著拼命掙扎吭吭吭。」

寬子也唱起來：

「狐狸吭吭叫啊小狐狸，去年狐族的狐助想偷烤魚，結果屁股著火哀哀叫。」

踢踢躂躂。踢踢躂躂。踢踢踢，踢躂躂躂。

三人就這樣一邊跳舞一邊漸漸走入林中。厚朴樹[3]的嫩芽宛如紅色蠟雕，被風吹得一閃一閃發亮，藍色的樹影縱橫交錯地落在林中積雪上，日光照到的地方就像有銀色百合綻放。

這時小狐狸紺三郎說：

「把小鹿也叫來吧。小鹿很會吹笛子喔。」

四郎和寬子都拍手歡呼。於是三人一起大喊：

「硬雪硬邦邦，凍雪冰涼涼，小鹿想娶新娘，娶新娘！」

遠方頓時響起一個柔細悅耳的聲音：

「北風蕭蕭風三郎，西風呼呼又三郎。」

小狐狸紺三郎很不屑似地噘起嘴說：

「那就是小鹿。那傢伙膽子小，所以恐怕不肯過來。但我們還是再叫一遍試試吧？」

於是三人又大喊：

「硬雪硬邦邦，凍雪冰涼涼，小鹿想娶新娘，娶新娘！」

這次從很遠很遠的地方傳來好似風聲或笛音又像是小鹿的歌聲。

「北風蕭蕭在呼喚，

西風呼呼在呼嘯。」

小狐狸又捻著鬍鬚說：

「等雪融化就糟了，你們還是趕快回去吧。下次月夜冰雪凍結時請一定要

3 厚朴樹（Magnolia obovata），木蘭科木蘭屬植物。生於日本各地及中國的落葉喬木，高度可達二十公尺，晚春開黃花。香氣濃郁。

來玩喔。我會放剛才說的幻燈片。」

於是四郎和寬子一邊唱著「硬雪硬邦邦，凍雪冰涼涼」，就這麼走過積雪的銀白大地回家了。

「硬雪硬邦邦，凍雪冰涼涼。」

## 踏雪　之二（狐狸小學的幻燈片欣賞會）

皎潔巨大的滿月靜靜從冰上山[4]升起。

雪地晶瑩發出藍光，而且今天也凍得硬邦邦如寒水石[5]。

四郎想起與小狐狸紺三郎的約定，悄悄對妹妹寬子說：

「今晚有狐狸的幻燈片欣賞會呢。走吧。」

寬子聽了，

「走吧。走吧。狐狸吭吭叫啊小狐狸，吭吭叫的小狐狸紺三郎。」她跳起來高呼。

結果二哥二郎說，

「你們要去找狐狸玩嗎？我也想去。」

四郎為難地聳肩說：

「哥哥，可是狐狸的幻燈片欣賞會只限十一歲以下觀賞喔，入場券上有寫。」

二郎說：

「拿來我瞧瞧，原來如此，非學生家長的十二歲以上來賓請勿入場……這些狐狸還真有一套。那我不能去了。沒辦法，你們如果要去記得帶點麻糬去喔。你看，這個鏡餅年糕就不錯。」

四郎和寬子穿上小雪鞋扛起年糕出門。

---

4 冰上山，虛擬地名。
5 寒水石，茨城縣北部產的大理石材。

一郎二郎三郎並排站在門口大喊：

「路上小心。如果遇到成年的狐狸要趕緊閉眼喔。我們幫你們唱歌助陣吧。硬雪硬邦邦，凍雪冰涼涼，小狐狸想娶新娘，娶新娘！」

月亮高掛天空，森林被輕霧籠罩。二人已經來到森林入口。

這時胸口配戴橡子徽章的小白狐站在入口說：

「晚安。早安。請問有入場券嗎？」

「有的。」二人取出入場券。

「好，那邊請。」小狐狸煞有介事地彎腰，眨巴著眼伸手指向森林深處。

月光落在林間彷彿斜斜射下許多藍色光柱。二人來到那其中的空地。

一看之下，空地已聚集許多狐狸學校的學生，正在互相扔栗子殼或玩相撲，尤其好笑的是，那只有很小很小、像老鼠那般大的小狐狸坐在較大的小狐狸肩上想摘星星。

大家面前的樹枝上掛著一塊白布。

不意間，身後響起聲音說「晚安，歡迎光臨。上次真不好意思」，四郎和寬子吃驚地轉身一看，原來是紺三郎。

紺三郎穿著體面的燕尾服，胸前別著水仙花，正拿潔白的手帕頻頻擦拭牠的尖嘴。

四郎略微躬身行禮說：

「上次不好意思。還有今晚，謝謝你的邀請。這些年糕請分給大家品嘗。」

狐狸學校的學生們都看著這邊。

紺三郎挺起胸膛一本正經地接下年糕。

「這真是不好意思，還讓你們帶禮物來。請放輕鬆。幻燈片馬上開始放映。我先失陪一下。」

紺三郎拿著年糕走到另一頭。

狐狸學校的學生齊聲大喊：

「硬雪硬邦邦，凍雪冰涼涼，硬年糕硬邦邦，白年糕扁又平！」

白布旁邊出現大牌子寫著「收到大量年糕贈禮，感謝人族四郎氏，人族寬子氏」。狐狸學生開心得不停鼓掌。

這時笛聲響起。

紺三郎乾咳著從白布旁邊走出來鄭重一鞠躬。大家安靜下來。

「今晚天氣晴朗。月亮就像珍珠盤。星星也好似原野的晶瑩露珠凝結。現在就要正式開始幻燈片欣賞會。大家可要忍住噴嚏和眨眼，睜大眼睛仔細觀賞。

另外今晚還來了二位貴客，所以大家必須保持安靜。千萬不可朝客人亂扔栗子殼。我的致詞到此結束。」

大家歡喜地熱烈鼓掌。四郎悄悄對寬子說：

「紺三郎很有架式呢。」

笛聲響起。

「不可飲酒」的大字映現在布幕上。大字消失後出現照片。一個喝醉酒的人族老頭子抓著某種奇怪的圓形物體。

大家跺足高歌。

踢踢躂躂躂踢踢躂躂。

凍雪冰涼涼，硬雪硬邦邦，

原野的豆沙餅啵啵啵，

醉醺醺的太右衛門，

去年就吃了三十八個。

踢踢躂躂躂踢踢躂躂躂。

照片消失了。四郎悄悄對寬子說：

「那是紺三郎創作的歌呢。」

接著又出現一張照片。照片中有個喝醉的年輕人把臉埋進厚朴樹葉做成的碗正在吃東西。紺三郎穿著白色寬褲在另一頭看著。

大家跺足高歌。

踢踢躂躂，踢踢，躂躂，

凍雪冰涼涼，硬雪硬邦邦，

原野的蕎麥麵啵啵啵，

醉醺醺的清作，

去年就吃了十三碗。

踢，踢，踢，踢，躂，躂，躂。

照片消失後暫時中場休息。

可愛的小母狐送來二盤黍米糰子。

四郎這下子為難了。因為他剛剛才看過太右衛門與清作被欺騙吃下怪東西。

而且狐狸學校的學生全看著這邊竊竊私語：「他們會吃嗎？欸，會吃嗎？」寬子害羞地拿著盤子面紅耳赤。這時四郎下定決心說：

「哪，吃吧，吃吧。我不相信紺三郎會騙我們。」然後二人把黍米糰子吃光了。美味得簡直無法想像。狐狸學校的學生已經高興得全都跳起舞來。

踢踢躂躂，踢踢躂躂。

「白天是燦爛的陽光，
晚上是皎潔的月光，
哪怕粉身碎骨，
狐狸學生也不說謊。」

踢，踢躂躂，踢踢躂躂。

「白天是燦爛的陽光，
晚上是皎潔的月光，
哪怕凍僵倒下，
狐狸學生也不偷竊。」

踢踢躂躂，踢踢躂躂。

「白天是燦爛的陽光，
晚上是皎潔的月光，
哪怕粉身碎骨，
狐狸學生也不嫉妒。」
踢踢躂躂，踢踢躂躂。
四郎和寬子都喜極而泣。
笛聲再次響起。
「小心陷阱」這行大字映現，大字消失後出現畫面。描繪的是狐狸狐兵衛的左腳落入陷阱的情景。
大家一起高歌：
「狐狸吭吭叫啊小狐狸，去年狐族的狐兵衛，
左腳陷入陷阱，吭吭叫著拼命掙扎，
吭吭吭。」

四郎悄悄對寬子說：

「這是我做的歌耶。」

畫面消失後出現「小心火燭」這行字。字跡消失後出現畫面。描繪狐族的狐助想拿烤魚卻燒著尾巴的情景。

狐狸學生都叫起來了。

「狐狸吭吭叫啊小狐狸，去年狐族的狐助，

想偷烤魚結果屁股著火，

哀哀叫。」

笛聲一響，布幕亮起，紺三郎再次出現說：

「各位，今晚的幻燈欣賞會到此結束。今晚大家必須深深牢記一件事。那就是聰明且毫無醉意的人族孩童吃了我們狐族做的食物。我相信各位今後即使長大了，也能不說謊不嫉妒，把我們狐族過去的負面風評徹底扭轉過來。今天的活動到此結束。」

狐狸學生全都感動得舉起雙手歡呼起立，並且落下晶瑩的淚水。

紺三郎來到二人面前，彬彬有禮地致意說：

「那我們該道別了。再見。今晚的恩情我絕不會忘。」

二人行禮後就踏上歸路。狐族學生們追上來，往二人的懷裡和口袋拼命塞橡子、栗子和發出藍光的石子等等小禮物，一邊嚷著「拿去，送給你」、「收下，請收下」，然後就一陣風似地跑掉了。

紺三郎笑著旁觀這一切。

二人走出森林越過原野。

走到淡藍色的雪原中央時，只見對面出現三個黑影。那是來接他們的哥哥們。

# 座敷童子的故事

這是我們家鄉流傳的座敷童子[1]的故事。

大白天眾人都去山上工作了，二個孩子自己在院子玩。偌大的房子空無一人，所以靜悄悄。

可是屋子某個房間，竟然響起沙沙沙的掃帚聲。

二個孩子肩並肩手拉手，躡手躡腳走去一看，每個房間都沒人，放刀的盒子也靜悄悄，檜木籬笆看起來越發青蒼，到處都沒有半個人影。

沙沙沙的掃帚聲傳來。

是遠方的伯勞鳥叫聲嗎？還是北上川的潺潺水聲？抑或是哪裡有人用竹箕在篩豆子？二人左思右想，一邊繼續默默傾聽，但好像哪種聲音都不是。

的確是從某處傳來沙沙的掃帚聲。

二人再次躡足偷窺房間，每個房間都沒人，只有陽光，明亮地灑遍每個角落。

像這種時候就是座敷童子出現了。

十個孩子拼命這麼喊著，雙手牽著別人圍成一個大圓圈，在和室中央不停轉圈玩遊戲。每個孩子都是被這家人邀來作客的。

「繞大路，繞大路！」

轉啊轉啊轉，他們繞著圈子玩。

結果不知幾時變成了十一個人。

沒有一個是陌生臉孔，也沒有一個是同樣臉孔，可是怎麼數還是十一個人。大人出面說，多出來的那個人就是座敷童子喔。

但到底是多出了哪個人？大家都堅定地認為只有自己不可能是座敷童子，拼命睜大眼睛張望，乖乖坐在榻榻米上。

1 座敷童子，東北地區的民間故事出現的幼童精靈。通常住在老房子的座敷（鋪榻榻米的房間），左右該戶人家的興衰。也有些故事的座敷童子是住在學校。

像這種時候就是座敷童子出現了。

還有這麼一個說法。

某戶氣派的大宅本家，向來都是在農曆八月初如來佛祭典時，把旁支的孩子們邀來玩，有一年，其中一個孩子出痲疹，被迫臥床休養。

「我要去參加祭典。我要去參加祭典。」那孩子躺在病床上天天惦念。

「我們會把祭典延期，你要趕快好起來。」本家的老奶奶去探病，摸著小孩的腦袋說。

到了九月，小孩康復了。

於是大家受邀去本家。可是其他小孩因為祭典延期，鉛製兔子玩具也被拿去當作探病禮物，所以早就一肚子不高興了。都是那傢伙害的。大家偷偷約定，今天就算來了也絕對不跟那傢伙玩。

「噢噢，他來了，他來了。」大家在和室玩耍時，忽然有一人叫出來。

「好，快躲起來。」大家都跑進隔壁的小房間。

結果你猜怎麼著，在那小房間裡，明明應該才剛抵達的病童，竟然瘦弱蒼白地泫然欲泣，抱著嶄新的小熊玩偶，端坐在榻榻米中央。

「是座敷童子！」有人叫喊著拔腿就逃。大家也尖叫著四散逃跑。座敷童子哭了。

這種時候也是座敷童子出現。

還有，北上川的朗明寺淵[2]的船夫，某天對我說：

「農曆八月十七日的晚上，我喝了酒很早就睡了。忽然聽見有人在對岸喊『喂，喂——』。我起床走出小屋一看，月亮正好升至中天。我急忙划船去對岸，原來是個穿徽紋袍子佩刀穿寬褲的漂亮孩子。就他一個人，腳上還穿著白

2　朗明寺淵，虛擬地名。「朗明寺」或許是將「永明寺」更改了一字。參照註3。

鞋帶的草鞋。我問他是否要搭船，他說要的。小孩上了船。船行至中央，我偷偷打量小孩。小孩規矩地把手放在膝上端坐，望著天空。

我問小孩要去何處，是打哪來的，小孩用可愛的嗓音回答說，他在那邊的笹田家待了很久，已經厭倦了，所以想去別處。我又問他為何會厭倦，小孩默默笑了。我再問他要去哪裡，他說要去更木[3]的齋藤家。船靠岸時小孩已經不見了，我在小屋門口坐下。我不確定那是不是夢。但肯定是真的。後來笹田家落魄了，更木的齋藤病情完全康復，兒子也念完大學，變得很有出息。」

像這種情形也是座敷童子出現。

3 更木，隔著北上川的花卷對岸東南方，現在的北上市更木町。以前在更木與二子村（現在的北上市二子町）之間有渡船來往，二子這邊的渡船頭附近有「永明寺」這座寺廟。

# 輯三　森林的善惡

# 猴子的板凳

楢夫傍晚走到屋後的高大栗樹下。樹幹上，正好在楢夫眼睛的高度，長出三朵白蘑菇。中央的那朵最大，兩側的小很多，而且也比較矮。

楢夫定定望著蘑菇，自言自語：

「我懂了，這是猴子的板凳[1]。但是能夠坐在這上頭的，肯定是很小很小的猴子。而且坐在中間的一定是小猴子將軍，坐在兩側的八成只是士兵。就算小猴子將軍耀武揚威，也沒有我的拳頭大。不知是甚麼表情，真想見識一下。」

結果，蘑菇上頭果然出現三隻小猴子端坐。

坐在中間蘑菇的果真穿著將軍的軍服，雖然嬌小卻掛了六個勳章。兩側的小猴子實在太小了，看不清楚肩章。

1 猴子的板凳，多孔菌（Polyporaceae），擔子菌門，從樹幹突出成架子或馬蹄形的堅硬菇類的統稱。各式各樣都有，也有生長數十年的巨大菇類，包括多孔菌科的散放地花菌、瓦菌、蜂窩菌，靈芝科的靈芝等等。

小猴子將軍拿出小本子，蹺起二郎腿晃呀晃的，對楢夫說：

「你就是楢夫嗎？哼。多大年紀了？」

楢夫覺得很荒謬。明明是很小很小的猴子，居然穿上軍裝還掏出記事本，把人當成俘虜之類的對待。

「你跩甚麼，小猴子，如果講話不客氣點，我可不會回答你喔。」楢夫說。

小猴子的臉蛋皺成一團，好像是在笑。但天色已暗，那麼小的臉蛋實在看不清楚表情。

但小猴子急忙收起小本子，這次雙手在膝上交握說：

「真是倔強的小孩。我都已經六十歲囉。而且是陸軍上將喔。」

楢夫很生氣。

「那又怎樣？六十歲了還那麼迷你，豈不是前途無望了。小心人還坐在凳子上就這麼掉下去喔。」

小猴子好像又笑了。總覺得氣氛不對勁，令人忐忑。

但小猴子忽然把搖晃的腳規規矩矩地併攏行禮。然後異樣客氣說：

「楢夫先生。哎，請不要生氣。我想帶你去個好地方，所以才問你的年紀。如何，要不要跟我去？如果去了不喜歡，到時候可以立刻回來。」

二隻隨侍的小猴子也拼命眨巴著眼，表現出要替楢夫帶路的誠意，於是楢夫也有點想去一探究竟了。沒事，反正如果不喜歡，立刻回來也就是了。

「嗯，跟你們去也行。不過你們講話得稍微注意一下語氣。」

小猴子將軍胡亂地一再點頭，同時從板凳站起來。

定睛一看，栗樹的三顆蘑菇上，出現三個小入口。另外在栗樹的根部，也有一個可容楢夫鑽入的方形入口。小猴子將軍把頭稍微伸進自己的入口，然後轉頭對楢夫說：

「我現在就開燈，所以請你從那個入口進去。入口有點狹小，不過裡面非常寬敞。」

三隻小猴子鑽入洞中，栗樹內部也同時亮起燈光。

楢夫急忙從入口爬進去。

栗樹內部就像煙囪。大約每隔十幾公尺就有一盞小燈，很小很小的梯子沿著周遭牆壁不斷往上蜿蜒。

「來來來，這邊請。」小猴子說著已經不停向上走去。楢夫每次一跨就是一百階。即便如此，還是趕不上三隻猴子的速度。

楢夫累了，氣喘吁吁說：

「這裡已經是栗樹的頂端了吧？」

三隻小猴子一起吱吱笑。

「哎呀，反正你跟著我們走就對了。」

向上一看，排成一列的電燈筆直向上延伸，最後已經變得很小，看不出是一盞一盞燈，看起來就像一條細細的紅線蜿蜒。

小猴子將軍看到楢夫有點吃不消的模樣，露出不懷好意的表情說：

「來吧，我們得稍微加快速度。你可以吧？請緊跟著我們。」
楢夫說：
「在這裡做個記號吧。否則等我要回家時，萬一迷路就糟了。」
小猴子再次齊聲吱吱笑。就連只是士兵的小猴子都很傲慢地嘲笑他。將軍終於止住笑意說：
「不，等你想離開時，我們隨時可以送你回去。所以你用不著擔心。還是趕緊準備跑步吧。這裡必須用最快的速度通過。」
楢夫無可奈何，只好準備跑步。
「好，要跑囉，一，二，三！」小猴子說著已經衝出去了。
楢夫也使出吃奶的力氣拼命向上跑。但小猴子速度太快了。只聽見腳步聲嗡嗡響，電燈如箭矢不斷流向下方。楢夫已經上氣不接下氣，快要窒息了。但他還是拼命向上跑。甚至已經不確定自己是不是正在跑。眼前突然啪地發白。然後，楢夫就衝到正午陽光刺眼的草原中了。他隨即被野草絆倒一頭栽地。眼前是一片樹林環繞的小空地，小猴子在如茵綠草上站成一排，漸漸放慢速度繞了三圈後，來到楢夫身旁。將軍皺起鼻子說：

「啊呀太慘了。你肯定也累了吧。已經沒事了。接下來不會再這麼吃力了。」

楢夫氣喘吁吁，好不容易爬起來說：

「這到底是哪裡？而且這個時候太陽竟然高掛在天空中央，未免太奇怪了吧？」

將軍說：

「不，不用擔心。這裡是種山原[2]。」

楢夫聽了很驚訝。

「種山原？我來到這麼遠的地方啊。可以立刻回家嗎？」

「當然可以。這次是從上往下走，所以很輕鬆。」

「是嗎。」楢夫說著放眼望去，已經找不到剛才那個隧道的出口，反而看到遠處的樹蔭及草叢後面，正有許多小猴子探頭探腦地偷看這邊。

將軍倏然拔出小劍，一聲令下。

「集合！」

小猴子從四面八方跑出來，繞著草原跑來跑去，不久就排成四條長長的隊伍。之前跟隨將軍的那三隻也在其中。將軍彎起身子使出吃奶的力氣下令：

「立正！」「向右看齊！」「向前看齊！」「報數！」大家都做得很標準。

楢夫驚愕地看著眼前這一幕。將軍來到楢夫面前，站得筆直說：

「接下來要進行演習。報告完畢！」

楢夫當下覺得很有意思，自己也站起來，但他太高了，站起來很怪，於是又坐下說：

2 種山原，位於北上山地南部，從現在的江刺市跨越氣仙郡的高原。

「很好。開始演習吧！」

小猴子將軍對大家說：

「現在開始演習。今天有貴客參觀，所以大家必須格外注意。凡是喊口令向左轉的時候卻向右的人，喊前進的時候先出右腳的人，喊快步走的時候沒把手放在腰部的人，事後全都要掐背三下以示懲罰。聽見沒有！都知道了吧。八號！」

八號小猴子答道：

「知道了！」

「很好。」將軍說著後退三步，突然發號施令。

「衝刺！」

楢夫很傻眼。他從沒見過這麼胡鬧的演習。不僅如此，小猴子全都齜牙朝楢夫跑來，大家拿出小繩索，迅速將他五花大綁。楢夫很想動手揍牠們，但牠們實在太小了，他只好一直忍耐。

大家綁好後，手拉著手吱吱笑個不停。

將軍在另一頭捧腹大笑，舉起劍說：

「拋向空中，預備！」

楢夫倒在草上，側目一看，小猴子在對面六隻一排，搭成高高的疊羅漢，像塔一樣，而且從四面八方還跑來更多小猴子，最後幾乎形成小猴子森林。

然後牠們朝楢夫走來，伸出無數隻小手把楢夫抬起來。

楢夫目瞪口呆地躺在小猴子隊伍上方看著將軍。

將軍越發得意，踮起腳尖，盡力伸長身子，一邊下令。

「拋上天，開始！」

「嘿咻，嘿咻，嘿咻。」

楢夫已經被拋到比樹林還高。

「嘿咻，嘿咻，嘿咻。」

風聲在耳邊咻咻響，下方的小猴子們一起動手，看起來好小好小。

「嘿咻，嘿咻，嘿咻。」

遠方的河面波光粼粼。

「放下！」「哇！」下方響起聲音，只見小猴子已經散開奔向四周，並排站在樹林邊圍著草原，等著看楢夫跌落地面。

楢夫已有必死的覺悟，再次望向遠方的河流。楢夫的家就在那邊。然後楢夫開始向下墜落。

這時下方忽然傳來一聲大吼：「危險！你在幹甚麼！」只見蓬亂的褐髮與通紅的大臉仰望楢夫，朝楢夫伸出手。

「啊啊，是山怪。我得救了。」楢夫想。楢夫立刻被山怪的手接住，安全放在草原上。這片草原就是楢夫家門前的草原。有栗樹，樹幹上還有三顆猴子的板凳。四下杳無人跡。已經入夜了。

「楢夫，回來吃飯囉，楢夫！」母親在家中喊道。

# 好脾氣的火山彈

某座死火山的山腳原野的柏樹蔭，有個長年坐鎮綽號「大牛」的黑色巨岩。

「大牛」這個名稱，是散落在那附近草叢中不太大的尖銳黑石塊們替他取的。其實他本來另有體面的好名字，但「大牛」也不知道自己真正的名稱是甚麼。

大牛石沒有稜角，就像雞蛋的兩頭稍微扁平伸展的形狀。而且還有二條宛如石腰帶的紋路斜著纏繞石身。他的脾氣非常好，從來不發怒。

因此，碰上濃霧瀰漫，無論天空或山脈乃至對面的原野甚麼都看不見的無聊日子，有稜角的尖銳石頭們就會拿大牛石開涮來找樂子。

「大牛，你好。肚子痛好了嗎？」

「謝謝。我的肚子一點也不痛呀。」大牛石在霧中沉靜地說。

「啊哈哈哈哈，啊哈哈哈哈哈。」有稜角的石頭全都笑了。

「大牛，你好。昨晚貓頭鷹拿辣椒給你了嗎？」

「沒有。貓頭鷹昨晚好像沒來過喔。」

「啊哈哈哈哈，啊哈哈哈哈哈。」有稜角的石頭已經笑翻了。

「大牛，你好。昨天傍晚，野馬在霧中朝你身上小便了吧。真倒楣。」

「謝謝你的慰問。不過托你的福，我並沒有碰上那種倒楣事喔。」

「啊哈哈哈哈，啊哈哈哈哈哈。」大家又是一陣大笑。

「大牛，你好。這次頒布了新法律喔，凡是圓形或看起來圓圓的東西，據說通通要像雞蛋一樣啪嘰打破喔。你也快點逃走吧。」

「謝謝。我等著和圓滾滾的太陽一起被啪嘰打破。」

「啊哈哈哈哈，啊哈哈哈哈哈。這傢伙簡直蠢得無藥可救。」

正好就在這時，濃霧散去，太陽射下萬丈金光，天空蔚藍無垠，於是有稜角的石頭們都開始馳想雨水釀的酒和白雪做的糰子。這時大牛石也安靜地仰望圓滾滾的太陽和藍天。

翌日又是大霧瀰漫，於是有稜角的石頭們又開始欺負大牛石。其實，他們自以為這只是小小的調侃。

「大牛。我們全都有稜有角，為什麼只有你全身這樣圓滾滾？明明都是火山爆發的時候一起掉下來的。」

「大概是因為我剛出生還在火紅燃燒時就被噴上天空，身體轉呀轉地不停旋轉吧。」

「奇怪，我們飛上天空時只顧著能飛多高就飛多高，就算稍微停頓時，以及之後墜落時，也是一直安靜不動，為什麼就只有你會這樣不停旋轉呢？」

嘴上這樣吹噓，其實這些傢伙在火山爆發噴出碎石，和黑煙一起沖上天時，通通都已昏迷了。

「誰知道，我從來沒想過要旋轉，但身體自動旋轉我也沒法子。」

「我懂了，害怕甚麼東西時，身體就會自動不停顫抖。所以你搞不好也是因為膽子太小了。」

「是的。或許是因為膽小吧。事實上，當時的聲音和強光的確很可怕。」

「你看吧。果然是因為太膽小吧。哈哈哈哈，哈哈哈哈哈。」

有稜角的石頭一齊放聲大笑。這時，雲開霧散，有稜角的石頭對著天空各自開始想自己的心事。

大牛石也默默凝望柏樹的葉片隨風翻飛閃爍光芒。

之後，下過一場又一場的雪，野草年年新生。柏樹也一次又一次落下舊葉換上新芽。

某日，柏樹說：

「大牛，我和你做鄰居也有不少年了呢。」

「對，沒錯。你都已經長這麼大了。」

「哪裡。不過我以前真的很小，還曾經把你當成巨大得嚇人的黑山呢。」

「噢，這樣啊。可你現在已經有我的五倍高了吧。」

「被你這麼一說還真是。」

柏樹非常自戀地不停抖動樹枝。

起初，只有其他石頭喜歡在嘴上占大牛石便宜，但由於大牛石的脾氣太好了，漸漸讓大家都開始瞧不起他。黃花龍芽草就這麼說：

「大牛，我終於帶上黃金頭冠了。」

「恭喜你，黃花龍芽草。」

「你甚麼時候戴呢？」

「這個嘛，我應該不會戴吧。」

「這樣啊。那你真可憐。不過，哎，奇怪，你不是已經戴上頭冠了嗎？」

黃花龍芽草看著大牛石上最近長出的小青苔說。

大牛石笑了，

「不，這是青苔。」

「這樣啊。看起來不太起眼呢。」

又過了十天。黃花龍芽草吃驚地大叫。

「大牛，你終於也戴上頭冠了。應該說，是你頭上的青苔都包著紅頭巾。

恭喜。」

大牛石苦笑，若無其事說：

「謝謝。不過那個紅頭巾是青苔的頭冠吧。不是我的。我的頭冠，馬上就會讓原野變成整片銀色世界。」

這句話嚇得黃花龍芽草魂飛魄散。

「那是下雪吧。糟了，糟了。」

大牛石也察覺了，很貼心地安慰嚇壞的黃花龍芽草。

「黃花龍芽草，對不起。你大概很討厭下雪，不過年年如此誰也沒法子抗拒。相對的，等明年雪融了，你肯定又會立刻回來。」

黃花龍芽草已經不再回答。又過了一天。一隻蚊子嗡嗡叫著飛來。

「這片原野，好像有太多無用的廢物啊。比方說，就像這塊大牛石。區區一塊大牛石，完全派不上用場。不像雜草堆那樣能夠扎根泥土讓空氣新鮮。也無法像草葉那樣綴著晶瑩露珠讓我們賞心悅目。嗡嗡，嗡嗡。」說著又飛到別處去了。

大牛石上的青苔，打從以前就聽過各種冷嘲熱諷，尤其是聽了這隻蚊子的唾棄，更加開始瞧不起大牛石。

於是，它戴著紅色的小頭巾開始跳舞。

「大牛黑愣子，大牛黑愣子，
黑愣子笨轟轟，
下雨也是黑愣子，轟隆隆，
日曬也是黑愣子笨轟轟。

大牛黑愣子，大牛黑愣子，
黑愣子笨轟轟，
千年也是黑愣子笨轟轟，
萬年也是黑愣子笨轟轟。」

大牛石笑著說，

「唱得好，唱得真是不錯。不過這首歌我倒是無所謂，對你們或許不太好喔。我也來做一首吧。以後你們就改唱那個吧。哪，聽好。

天空。天空。天空的乳汁，

是冷雨的嘩啦啦啦，

是柏樹低落的雨滴，

是白霧飄來又飄去。

天空。天空。天空的光芒，

是太陽燦爛照耀，

是月光清冷皎潔，

是星星光芒閃亮。」

「這種歌不行。太無趣了。」

「是嗎。我在這方面太笨拙了。」

大牛石安靜地閉上嘴。

這時，原野眾生全都七嘴八舌嘲笑大牛石。

「搞甚麼，大牛石這傢伙居然被那麼渺小的小紅帽給修理了。我們決定跟他絕交了。真丟臉。黑愣子。黑愣子，轟隆隆。大牛笨轟轟。」

這時候，遠處有四個戴著眼鏡身材高挑的體面人物，扛著各種亮晶晶的器材橫越原野而來。其中一人不經意看到大牛石，立刻說：

「啊，找到了，找到了。太棒了。真是完美的標本。這是典型的火山彈[1]。我第一次看到這麼完整的。那個腰帶紋尤其清晰。光是能找到這個，這次旅行就值回票價了。」

「嗯，的確非常完整。這麼漂亮的火山彈，就連大英博物館都沒有。」

四人把器材往草地上一放，圍著大牛石又摸又碰。

「無論哪裡的標本，都沒有這麼完整的腰帶紋理。如何，看這個就知道它在天上旋轉時是甚麼情況吧。太棒了，太棒了。今天就立刻帶回去吧。」

四人又朝遠處走了。有稜角的石頭不發一語，只是唉聲嘆氣。而好脾氣的火山彈一直默默笑著。

過了中午，原野那頭又出現亮晶晶的眼鏡和器材，之前那四個學者和村民一起坐著一輛馬車來了。

然後他們在柏樹下停駐。

「好，這可是珍貴標本，千萬不能弄壞喔。一定要仔細給我們包好。把上面的青苔都拔掉。」

被拔除的青苔不禁哭了。火山彈任由眾人將它的身體細心地用乾淨的稻草和草蓆層層包裹，一邊說道：

「諸位，謝謝你們多年照顧。青苔，再見了。剛才的歌，待會請再唱一遍。我要去的地方，不像這裡如此熱鬧快活。不過，我們每個人都得做自己分

---

1 火山彈，火山岩漿的碎片保持可塑性從火山口噴出後形成（直徑六十四公釐以上）。在空中飛行期間，形成了特有的外型、表面的花紋及內部構造。

內能做的事。再會了，各位。」

它被掛上寫有「送往東京帝國大學地質學教室」的牌子。

然後，眾人嘿咻嘿咻地扛起大包裹搬上馬車。

「好，行了，走吧。」

馬呼嚕嚕打個響鼻，朝著青翠的原野彼方邁步走去。

# 光之赤足

## 一、山中小屋

鳥聲太嘈雜，吵醒了一郎。

天色已亮。

小屋角落有三道筆直的藍色日光斜著越過兄弟倆的頭上，照亮對面茅草牆壁上掛的山刀與小腿護具。

土屋中央的木塊正在火紅燃燒。幾道日光也在青煙氤氳中顯得發青，而那煙霧化為各種形狀冉冉穿過數道日光就此遠去。

「噢，已經天亮了。」一郎自言自語，扭頭朝弟弟楢夫的方向看去。楢夫的臉蛋像蘋果一樣紅潤，嘴巴微張，還在呼呼大睡。見他微露白牙，一郎猛然伸指用力彈他的牙齒。

楢夫閉著眼微微皺眉，但隨即又發出鼾聲繼續睡。

「起床了，楢夫，天亮了，快起來。」一郎說著不停搖晃楢夫的腦袋。

楢夫不高興地皺起臉，嘴裡嘀嘀咕咕，但終究還是微微睜開眼。然後似乎非常驚訝，

「噢，我們來山裡啦。」他咕噥。

「昨晚，應該說是今早吧，火熄了，你記得嗎？」一郎說。

「不記得。」

「天氣冷，好像是爸爸起來重新燒的。」

楢夫沒回話，好像還在恍恍惚惚想別的事情。

「爸爸去外面工作了。好了，起來吧。」

「嗯。」

於是二人鑽出合蓋的一床小被子。然後走到火旁。楢夫揉著惺忪睡眼，一郎定睛看著火。

外面有溪水潺潺流過，鳥聲啁啾。

這時忽有耀眼的金色陽光流淌到一郎腳下。

抬頭一看，門倏然打開，對面山上的積雪潔白閃耀，父親背光黑壓壓地走進來了。

「都起床了嗎？昨晚冷不冷？」

「不冷。」

「後來火熄了。我爬起來兩次生火。好了，去漱口，準備吃飯了，楢夫。」

「嗯。」

「你喜歡家裡還是山上？」

「山上，因為不用上學。」

父親聽了一邊掀開鍋子一邊笑了。一郎起身走到屋外。楢夫也跟著出去。

真是太美了。天空澄淨寒冷地發出藍光，那種光芒冷冷滲入二人眼中，再看太陽，彷彿無垠長空的巨大寶石，閃爍或橙或綠的亮粉，光彩奪目令人睜不開眼，可是閉上眼後在那蒼黑的幽暗中又好似發出青光。重新睜開眼時，眼前的藍天有桔梗色和黃金和許多太陽的影子閃閃爍爍搖晃不定。

一郎伸手去接水管的水。水管結冰形成粗大的冰柱一路向下，清澈的雪水在日光中發亮而且還冒煙，看起來很溫暖，但其實非常冰冷。一郎迅速漱口，然後也洗了臉。

接著，因為手太冷，他朝太陽伸出雙手。可是手完全沒變暖和，於是他把手貼在喉嚨。

這時楢夫也模仿一郎的動作，可是實在太冷了，他很快就放棄。楢手的手凍得又紅又腫。一郎忽然跑過去，

「冷嗎？」說著用雙手包住那濕淋淋的紅腫小手試圖溫暖楢夫。

然後兄弟倆又走進小屋。

父親看著火正在沉思，鍋子咕嘟咕嘟響。

二人也坐下。

太陽已高高升起，照進屋內的三條藍色日光的角度也變得陡峭。

對面山上的積雪在藍天下清晰浮現，總讓人覺得心去了很遠的地方。

山頂偶爾有如煙似霧的白濛濛一片倏然出現。

之後過了一會，忽然尖銳響起笛音似的聲音。

楢夫撇嘴表情古怪地愣了半晌，最後不知怎地忽然開始啜泣。一郎也神情古怪地看著楢夫。

父親這時問，

「怎麼了，是不是想回家？怎麼了？」

楢夫雙手摀著臉不回答，反而哭得更厲害了。

「怎麼了，楢夫，是肚子疼嗎？」一郎也問，但楢夫還是哭個不停。

父親站起來把手放在楢夫的額頭，然後用力按著他的腦袋。

結果楢夫真的漸漸不哭了，最後只是不停打嗝抽噎。

「你哭甚麼？是不是想回家？」父親說。

「不是。」楢夫啜泣著搖頭。
「那是有哪裡痛嗎？」
「沒有。」
「那你哭甚麼？男子漢大丈夫不可以哭喔。」
「我害怕。」楢夫依然在啜泣，好不容易才回答。
「有啥好怕的？爸爸和哥哥都在，而且大白天明晃晃的，根本沒啥好害怕的嘛。」
「不，我怕。」
「你到底怕甚麼？」
「是風之又三郎[1]。」
「你說甚麼傻話。風之又三郎根本一點也不可怕。你胡說。」

1 風之又三郎，是賢治根據民間流傳的「風之三郎神」為背景自創的風妖。

「他說爸爸要給我穿上新衣服。」楢夫又哭了。一郎不知怎地毛骨悚然。但父親笑了。

「哈哈哈哈哈，風之又三郎這句話倒是說的好。等到四月就給你買新衣服。這有甚麼好哭的。別哭了別哭了。」

「別哭了。」一郎也在旁邊湊近弟弟安慰他。

「他還說了別的。」楢夫把眼睛揉得通紅說。

「他說甚麼？」

「他說媽媽要把我放進熱水清洗。」

「哈哈哈，那是騙人的啦。楢夫向來不都是自己洗澡嗎？風之又三郎是騙你的啦。別哭了，別哭了。」

父親好像臉色發青卻還是強顏歡笑。一郎也不知怎地心口悶悶地笑不出來。楢夫還是沒有停止哭泣。

「好了吃飯了，別哭啦。」

楢夫揉著眼睛，一邊用哭得紅腫變得異樣細小的眼睛看著一郎說：

「他還說大家會一起替我送行。」

「大家一起替你送行？那是說等你將來出人頭地要上哪去時，大家替你送行吧。這些都是好事啊。別哭了。哪，別哭了。春天來時我帶你去看盛岡祭典，所以別哭了，哪。」

一郎一直臉色蒼白默默望著被日光照亮的柴火。這時他終於開口說：

「放心啦，風之又三郎一點也不可怕。他每次都是騙人的啦。」

楢夫終於停止哭泣只剩下打嗝。他在煙霧中搓揉哭泣的雙眼，所以眼圈都黑了，看起來有點像小狸貓。

父親有點像要哭似地擠出笑容，

「好了，再去洗一次臉吧。」說著站了起來。

## 二、山嶺

過了中午，溪流的聲音也變了。聽起來似乎很溫暖又有點安詳的味道。

父親正在小屋門口和牽著馬來拿木炭的人說話。二人講了很久。之後那人開始把木炭袋子放在馬上。兄弟倆走出門口觀望。

馬大口嚼著草料，褐色的鬃毛蓬鬆，眼睛很大，眼中好像藏著各種古怪的機器，讓人感到萬分同情。

父親對兄弟倆說：

「你們兩個就跟著這人回家吧。他會去楢鼻[2]。下個星期六天氣好的話，我再去接你們過來。」

明天是星期一，二人都得上學，所以必須回家。

「那我們就走吧。」一郎說。

「嗯，回家之後記得跟你媽說，順便託人家給我帶把大鋸子來，知道嗎。別忘了。到家正好一個半小時，所以就算慢慢走，三點半也能抵達。如果路上口渴就吃點雪。」

「嗯。」楢夫回答。楢夫已經心情好轉正在蹦蹦跳跳。

牽馬的人在馬背放上木炭袋子用繩子綁好後，

「好了，那我們該走了。要不我和馬先走吧？」他問兄弟倆的父親。

「沒事，他們跟你一起走。拜託你多照顧了。」父親笑著鞠躬。

「好，那我們走吧。」那人牽著韁繩邁步，馬鈴叮鈴叮鈴響，馬垂頭緩緩踱步。

一郎讓楢夫走在前頭，自己跟在後面。路面硬實走起來很舒服，天空蔚藍得反而讓人有點害怕。

---

2 楢鼻，取自大迫町內川目，岳川邊的「楢花」這個聚落名稱。

「結果子了耶。」楢夫忽然叫起來。一郎在後面聽不太清楚，

「你說甚麼？」他問。

「那棵樹結果子了。」楢夫又說。定睛一看山崖下方有一棵樹，樹上結滿褐色的果實累累下垂。一郎看了一會。然後發現自己落後了，急忙追上馬。牽馬的人這時正好向後轉頭看起來好像在催促他，但隨即又默默邁步向前走。路上的積雪雖然硬實卻崎嶇不平，所以馬屢屢差點絆倒。楢夫也是邊走邊東張西望，所以同樣差點絆倒。

「看著腳下好好走路。」一郎只好一再提醒弟弟。

路不知不覺偏離溪流，開始繞過形狀像大象的山丘中腹。有幾棵栗樹，綴滿乾枯的樹葉，小鳥啾啾叫著飛向後方。日光好像有點稀薄，雪變得比之前暗，反而發出強烈的光芒。

這時對面有一群馬列隊叮鈴噹啷地走來。

來到結著一叢紅果實的衛矛[3]旁邊時，兩方人馬遇上了。站在兄弟倆前面

的馬踏到路面外，站在雪中。兄弟倆也讓開，走到及膝的雪中。

「很快啊。」

「是很快。」對面的人馬一邊打招呼一邊走過。

沒想到最後一個人打完招呼就站著不走了。馬自己走了幾步後，聽到後方傳來的吆喝聲才停下。兄弟倆從雪中走上道路，和二人並肩站在雪中的馬也回到路上。結果牽馬的人開始聊了起來。

兄弟倆站著等了一會自己這邊的馬邁步，可是等了半天都沒動靜，最後忍不住開始慢慢向前走。接下來只要再翻越一個山嶺就到家了，路程不到四公里，而且天氣雖然有點陰霾，但路是筆直的，所以一郎覺得他們自己先走應該沒關係。

---

3 衛矛（Euonymus sieboldiana），衛矛科植物。分布於日本各地、庫頁島、南韓，生長於山野的落葉灌木，初夏開黃花，果實為紅色蒴果。在白雪世界中那種鮮豔色彩正是預告悲劇將至的不祥前兆。〈滑床山的熊〉中，雪中的衛矛果實也發揮了同樣作用。

牽馬的人側目看了一下逕自向前走的兄弟倆，但大概是打算隨後追上，所以還是繼續聊天。

楢夫似乎一心只想趕快回家，不停大步向前走，一郎雖然一再回頭，可是馬站在雪中垂下褐色的脖子，二個大人正聊得熱絡，只能隱約看見白色的大手手背揮舞，所以一郎還是繼續向前走。

路漸漸向上攀升最後變成坡路，所以楢夫不時用手撐著膝蓋開玩笑地呻吟，一邊繼續爬坡。一郎也跟在後面氣喘吁吁。

「喲，坡道，喲，坡道。」他一邊嘀咕一邊前進。

但楢夫終於累了，轉身對著一郎停下腳，一郎來不及煞車狠狠撞上他。

「累了嗎？」一郎也氣喘如牛地說。朝來時的方向一看，只有一條細小的山路蜿蜒，人和馬都被山丘擋住完全看不見。只有整片白雪（看起來非常暗沉。天上的白雲密布，太陽也像大銀盤發出晦暗的光芒）徐緩起伏，除了不時有三、四棵褐色的栗樹或柏樹出現，實在很安靜，有種難以形容的寂寞。但楢夫看到山丘上空從自己的頭頂上筆直朝遠方急速飛落的一隻老鷹時，興奮得高喊：

「噓，是鳥。咻！」

一郎沉默。但他想了一會之後說：

「快點翻越山嶺吧。要下雪了。」

正好就在這時。雪白明亮的天空下，徐緩綿延的晦暗山嶺頂端已隱約可見。不久，細小的粉雪開始零零星星從二人頭上飄落。

「楢夫，快上去，下雪了。到了山頂上就是平地了。」一郎憂心地說。

楢夫聽到哥哥有點變調的聲音頓時慌了，然後開始匆忙爬坡。

「別太急躁。沒問題的，只剩下不到四公里路了。」一郎也氣喘吁吁說。

但事實上二人不得不急。他們急急趕路彷彿眼前都一片漆黑了。走得太急結果反而無法持久。雪越下越大，前方和後方甚麼都看不見，二人的身體也變得雪白。這時楢夫忽然哭著抱住一郎。

「回頭吧，楢夫，我們回頭吧。」一郎也為難地說著，朝來時走過的路看了一下，但是看起來實在不像能夠回頭。因為來時的路一片灰濛濛，看起來就像洞穴一樣昏暗。相較之下，山頂那頭光線明亮，而且馬上就要到山頂了。只要能夠走到那裡，之後的一公里都是平坦的路面，而且他們來時也看到山鳥一再飛起，還有灌木的紅色與黃色果實。

「馬上就到了。快走吧。只要走到山頂上就不會下雪了，路也會變得平坦。快走吧，沒甚麼好怕的，快走吧。那個人和馬隨後就會趕來，不要哭，這次我們慢慢走。」一郎湊近楢夫的臉蛋說。楢夫抹去眼淚笑了。楢夫的臉頰沾到白色的雪花，雪花隨即消融無蹤，一郎看了莫名感到心口滯悶。這次一郎帶頭上山。路已經沒那麼險峻難行，雪好像也小了一點。但二人的雪鞋還是很快就埋進雪中一寸深。

漸漸接近山頂後，山路兩旁開始不斷出現積雪的嶙峋黑岩。

二人都沒說話，盡量冷靜地一步一步向上走。一郎啪啪拍打毛毯把身上的雪撢掉。

幸好眼前已是山頂了。

「到了到了。好了，之後就是平地囉，楢夫。」

一郎轉頭看弟弟。楢夫滿臉通紅喘著氣，似乎終於安心般笑了。但二人之間還是不斷有細雪飄落。

「馬一定也已爬到半山腰了。要叫叫看嗎？」

「嗯。」

「準備好了嗎，一，二，三！喂——！」

聲音倏然消失在空中。沒有人回應也沒有回聲，天色已暗，只有雪花不斷飄落。

「好了，快走吧。再過三十分鐘就能下山了。」

一郎再次邁步。

天空忽然咻地颳來狂風。大雪如粉如霧滿天飛舞，憋得人喘不過氣幾乎窒息，從衣服縫隙冷颼颼地鑽入身體。兄弟倆雙手摀著臉停下腳步，好不容易風過去了正要開始邁步，這次又颳來比之前更強的風。風聲就像可怕的笛子，甚至可以感到二人的身體也被吹彎，雪花沙沙流過雙腳邊。

山頂和之前想像的截然不同。楢夫很害怕，只想緊抓著一郎。而且還頻頻回頭向後看。但一郎等風一停就立刻邁步，而且後方一片漆黑，所以楢夫嚇得不敢出聲，只是默默掉著眼淚蹣跚追著哥哥向前走。

雪已經堆滿鞋跟。到處都有被風吹成的雪堆，他們只能艱難地勉強邁步。但一郎還是不停向前走。楢夫也拼命跟著哥哥的腳印走。一郎不時回頭向後看，但楢夫還是漸漸落後了。風咻地呼嘯而過，雪倏然掀起冰冷的白煙，一郎稍微駐足，楢夫立刻小跑步追上哥哥。

但他們連這條山路的一半都沒走到。雪堆變得很大，二人因此一再被絆倒。

一郎越過一堆積雪時，雪比想像中還深，他的腳陷進去摔倒了。一郎身上和雙手都沾滿了雪，吱吱笑著爬起來，但楢夫站在後面看哥哥這樣嚇得哭了。

「我沒事。楢夫，別哭。」一郎說著再次邁步。但這次輪到楢夫摔倒了。而且手深深插入雪中，一時之間爬不起來，他就像鞠躬時那樣保持低頭的姿勢哭了起來。一郎立刻跑回來把弟弟抱起來，替他拍掉手上的雪後，

「只剩一點路了。還能走嗎？」一郎問。

「嗯。」楢夫說，但他兩眼含淚定定望著遠方，扁著小嘴。

雪不停飄落。而且風也變得更強了。二人又開始奔跑但是一再跌倒，不是一郎摔倒就是楢夫摔倒，而且此刻二人已不確定是否還走在路上，旁邊忽然出現以前沒見過的黑色巨岩。

風又吹來了。大雪如沙塵如煙霧，嗆得楢夫拼命咳嗽。

眼前已經沒路了。兄弟倆走到巨大的黑岩石前。

一郎轉身回顧。二人一路走來的痕跡在雪中就像溝渠。

「走錯路了。我們得回頭。」

一郎說著，猛然拉起楢夫的手想跑，可是才邁出一步就立刻撲倒在雪中。

楢夫開始哇哇大哭。

「別哭。在雪停之前我們就躲在這裡，別哭了。」一郎緊抱著楢夫站在岩石下面說。

冷風瘋狂地吹來。二人甚至無法呼吸，漸漸被大雪掩埋。

「不行了。不行了。」楢夫哭著說。聲音彷彿支離破碎被風捲走。一郎張開毯子作為披風就這樣抱緊楢夫。

一郎這時已經認為二人真的要在這場風雪中死掉了。種種往事如走馬燈在眼前浮現。新年時二人受邀去本家玩，大家吃橘子時，楢夫迅速吃掉一顆又拿了一顆，一郎狠狠瞪他警告他不能這樣，當時楢夫凍傷的紅腫小手，此刻清晰出現在一郎眼前。他幾乎喘不過氣，只覺得喉嚨刺刺癢癢好像服了毒藥。不知幾時一郎已坐倒在雪中。並且更用力地抱緊楢夫。

## 三、微光的國度

然而然而那種事簡直像在作夢。不知幾時冰涼如針的粉雪變得溫濕，楢夫也不在身邊了，只剩一郎孤伶伶地茫然走在黑暗叢林似的地方。

那裡究竟是昏黃的夜晚還是白天抑或是傍晚都分不清，長滿貌似鼠麴草的植物，到處都有類似黑色樹叢的暗影，彷彿生物般正在悄悄呼吸。

一郎看著自己的身體，之前本來就是這樣嗎？不知幾時身上只裹著一塊鼠灰色的布，他吃驚地看雙腳，腳是光著的，似乎之前走了很多路，雙腳都受到重傷正在不停流血。而且胸口和腹部也非常累，好像身體隨時會撐不住彎下腰。一郎頓時害怕得放聲大哭。

但這到底是甚麼地方呢？靜悄悄的無人回應，就連天空看起來都空蕩蕩的，越看越覺得異樣可怕。而且雙腳忽然像被燒灼般傷痕累累。

「楢夫呢？」一郎忽然想起。

「楢夫！」一郎朝著昏黃的天空哭叫。

一片死寂毫無回應。一郎受不了了，連腳痛都忘了，拔腿就跑。頓時颳起一陣風，一郎身上的布被吹得筆直向後飄，一郎在腦中想像自己邊哭邊赤腳奔跑，破爛的布片隨風飄向身後的景象，不禁更加害怕又悲傷。

「楢夫！」一郎再次呼喚。

「哥哥。」微弱的聲音從很遠很遠的地方傳來。一郎立刻朝那邊跑去。然後哭著一遍又一遍喊「楢夫！楢夫！」，有時他隱約聽見回答，也有時聽不見是否有回音。

一郎的雙腳變得血紅。而且已經分不清到底痛不痛，鮮血詭異地發出藍光。

一郎跑了又跑。

最後他看見對面有個小孩的身影如風中殘燭般忽明忽滅閃閃爍爍。

那是雙手摀著臉正在哭的楢夫。一郎跑到楢夫身旁。頓時兩腿發軟倒在地上。然後他用盡全力爬起來想抱楢夫。楢夫起先一直忽現忽隱明滅不定，但是隨著漸漸速度加快最後終於不再變幻，一郎可以牢牢抱住楢夫了。

「楢夫，我們不知到了哪裡。」一郎如在夢中般哭著撫摸楢夫的小腦袋，一邊這麼說。就連那個聲音，似乎都是在夢中聽到的，不知是自己還是別人的聲音。

「死掉了。」楢夫說著又嚎啕大哭。

一郎看著楢夫的腳。楢夫也一樣沒穿鞋襪，雙腳受傷嚴重。

「不用哭了。」一郎說著看看四周。很遠的地方隱約可見白光，除此之外一片死寂甚麼都聽不見。

「我們去那邊明亮的地方看看吧。那邊一定有房子，你還走得動嗎？」

一郎說。

「嗯。媽媽在那邊嗎？」

「在啊。一定在。走吧。」

一郎率先邁步走去。天色昏黃有點晦暗，彷彿隨時會伸出長長的魔爪。

腳痛得要命。

「快點走到那裡吧。只要走到那裡就沒事了。」一郎自己的腳也很痛，火辣辣地幾乎冒煙燃燒，但他還是強忍痛苦這麼說。可楢夫似乎已無法忍受，哭著倒在地上。

「來，緊緊抓著哥哥。我們用跑的。」一郎咬牙忍痛，把楢夫扶起來搭著他的肩。然後強忍撕裂身體般的痛楚朝著遠方朦朧的白光拼命跑。但他還是難忍疼痛一再倒下。倒下後又拼命爬起來。

驀然回首，來時路不知幾時已被朦朧的灰霧掩沒，灰霧那頭好像有甚麼淺紅色的東西飄飄然逃走。

一郎嚇得幾乎窒息。但他還是忍住恐懼勉強站起來，再次扶抱著楢夫。楢夫渾身癱軟似乎已經昏迷了。一郎哭著在他耳邊拼命呼喚：

「楢夫，你振作點，楢夫，你不記得哥哥了嗎？楢夫！」

楢夫似乎微微睜開眼，但眼中看不見黑眼球。一郎已經使出渾身力氣幾乎全身上下到處都竄出白色火焰燃燒，但他還是讓楢夫靠著他的肩、努力抱著楢夫朝目的地奔去。連腳是否在動都已分不清，身體好像被甚麼沉重的岩石粉碎化為藍色光塵四散紛飛，他一次又一次倒下，然後又抱起楢夫，哭著摟緊他像在夢遊般繼續奔跑。然而不知幾時一郎已抵達起初想去的微光地區了。可那絕非甚麼好地方。反而讓一郎渾身凍結般僵立。眼前是山谷似的窪地，一群外表悽慘得難以形容的小孩子，正被人一路從左邊趕向右邊。有的孩子身上只勉強裹著一小塊灰色布片，也有的孩子光著身子只披了小披風。有的孩子身材乾瘦蒼白只有眼睛特別大，也有紅髮的小小孩，還有曲起瘦骨嶙峋的小膝蓋奔跑的孩子，大家都弓起身子畏畏縮縮好像在害怕甚麼，也無暇他顧，只是深深嘆息或無聲落淚，紛紛被趕著向前跑。大家的腳都和一郎一樣已經受傷了。而且真正可怕的是在那群孩子之間，有個臉孔通紅擁有巨大人形的生物，穿著灰色長滿尖刺的鎧甲，頭髮彷彿熊熊燃燒，瞪著濕漉漉的紅眼甩動粗大的鞭子向前走。當他的腳踩到地面時，地面就會喀嗤喀嗤響。一郎已經嚇得聲音都發不出來了。

隊伍中也有頭髮捲曲像楢夫那麼大的孩子，但他的腳似乎很痛，終於腳步踉蹌站都站不穩。就在快跌倒時，不禁哇哇大哭，喊著「痛死了，媽媽！」這時走在前面的那個可怕生物駐足轉身。那孩子搖搖晃晃嚇得舉起手想向後逃，結果那個可怕生物的嘴巴忽然微微抽動，啪地一甩鞭子，那孩子就無聲無息地倒下痛苦翻滾。之後走來的孩子們見了也只是蹣跚躲開，一句話都不敢說。倒下的孩子在地上翻滾了一會，但之後似乎忘了剛剛的腳痛，再次搖搖晃晃站起來。

一郎嚇得呆立原地，已經不知該前進還是後退。這時楢夫忽然睜開眼，高喊著「爸爸」哭了出來。正巧經過下方的一個可怕生物頓時把扭曲的紅眼瞪過來。一郎幾乎窒息。可怕的生物舉起鞭子從下方吼叫：

「還在那裡磨蹭甚麼！快下來！」

一郎覺得彷彿會被那紅眼睛吸進去，連忙踉蹌朝那邊走了兩三步，好不容易穩住腳停下，牢牢抱緊楢夫。那個可怕的生物臉頰抽搐露出獠牙大聲咆哮，朝一郎這邊走上來。然後不知幾時一郎和楢夫已被抓住趕進隊伍中。尤其讓一郎傷心的是，楢夫不知怎地可以走路了，正打赤腳踩著那尖銳的地面蹣跚走在一郎前面。一郎和大家一起被趕著前進，同時頻頻低喊楢夫的名字。但楢夫好像已忘記一郎是誰了。他只是畏畏縮縮的偷偷在身後抬起手，同時因雙腳的疼痛腳步踉蹌的拼命走。一郎這時才知道追趕自己這些人的可怕生物就是鬼，然後他思忖楢夫到底做錯了甚麼才會落到如此悲慘的下場。這時楢夫終於被一塊有稜角的紅石頭絆倒。鬼的鞭子毫不留情的對準那個小身子甩落。一郎急得團團轉，連忙抓住鬼的手哀求：

「讓我來代替他挨打吧。楢夫沒有任何過錯。」

鬼似乎很驚訝地看著一郎，嘴巴抽搐了半晌，最後大聲咆哮。鬼的牙齒閃閃發亮。

「罪行可不只是這次而已喔！快走！」

一郎的背部一涼，周遭不停旋轉，看起來是藍色的。然後渾身湧出冷汗。兄弟倆就這樣被趕著前進。但是逐漸習慣後，二人好像都覺得比較輕鬆了。他們如在夢境般看著旁邊其他人受傷的雙腳和倒下的身體。四周忽然變暗了。然後變黑了。唯有孩子們被趕著向前走的淡藍色隊伍在黑暗中浮現。

當眼睛漸漸適應黑暗時，一郎看到遼闊的原野有許多黑色的東西坐著不動。也有微弱的藍光。那些東西全身都被黑色長髮覆蓋只能看到一點點雪白的手腳。其中一個不知為何動了一下，頓時發出身體撕裂般的慘叫滿地打滾。不久連慘叫聲也沒了，變成一坨爛泥躺在地上。而且當一郎的眼睛漸漸適應時，他發現黑暗中的生物原來是被尖銳如刀刃的長髮覆滿身體，所以只要稍微一動，銳利的頭髮就會劃破身體。

在黑暗中走了一會之後，四周又稍微變亮了。而且地面是血紅的。前方的孩子們突然激烈哭叫。隊伍也停下了。鞭子聲和鬼的怒吼聲如冰雹雷鳴傳來。站在一郎跟前的楢夫搖搖晃晃幾乎倒下。因為原野這一帶都是瑪瑙的碎渣，走過去就會割破腳。

鬼穿著巨大的鐵鞋。每走一步，瑪瑙就被喀嗤喀嗤踩得粉碎。一郎的周遭響起許多叫聲。楢夫也哭了。

「我們到底要去哪裡？為什麼會這麼倒楣？」楢夫問身旁的小孩。

「我也不知道。好痛。好痛啊。媽媽。」那孩子拼命搖頭，忍不住哭了。

「說甚麼廢話。這全是你們自己幹的好事。你們還能去哪裡！」鬼在身後咆哮，再次甩動鞭子。

原野的雜草漸漸茂密也越來越尖銳。前方的孩子們一再摔倒又無力地爬起，雙腳和身子都傷痕累累，光是聽到叫聲和鞭子聲就已經快暈倒了。

楢夫忽然想起甚麼似地抱住一郎哭了。

「快走！」鬼大喊。鞭子打中抱著楢夫的一郎手臂。一郎的手臂發麻，已失去知覺，只是反射性地抽搐。見栖夫還抱著哥哥不放，鬼又甩動鞭子。

「請饒了栖夫，請饒了栖夫。」一郎哭喊。

「快走！」鞭子再次咻咻作響，一郎只能伸長雙臂盡量護著栖夫。一邊護著弟弟，一郎感到不知從何而來的「如來壽量品第十六[4]」這個名詞如一陣微風又好似微妙的氣息。頓時內心的疙瘩好像也倏然解開了，

「如來壽量品。」他試著喃喃覆誦。這時走在前頭的鬼忽然站住腳，滿臉不可思議地回頭看一郎。隊伍也停下了。不知怎地鞭子的聲音和哭叫聲也沒了。悄然無聲。定睛一看，那片昏暗的紅瑪瑙原野邊緣朦朧出現金光，金光中有個氣派的巨人筆直朝這邊走來。不知何故大家好像都鬆了一口氣。

## 四、發光的赤足

那個人的腳看起來又白又亮。非常快速的筆直朝這邊走來。雪白的腳尖閃

現二次光芒後，那人已來到一郎的附近。

一郎覺得很刺眼，無法抬頭直視。那個人打赤腳。巨大的赤腳就像貝殼一樣發出白光。腳後跟的皮肉閃耀光芒垂落地面。那是巨大潔白的赤腳。但那柔軟的赤腳即便踩到尖銳的瑪瑙碎片或悶燒的赤紅火焰也毫無傷痕，更沒有灼傷。甚至連地面的荊棘都沒被折斷。

「用不著害怕。」那人微笑對大家說，大眼睛宛如青蓮的花瓣凜然望著眾人。大家不知怎地一齊合掌膜拜。

「不用害怕。你們的罪行和籠罩這世界的大德力量相比，就像陽光與薊草刺尖的小露珠之別。沒甚麼好怕的。」

不知不覺大家已團團圍著那人聚集在一起。剛剛看起來如此猙獰可怕的惡鬼，此刻全都老實地合起巨掌默默垂首站在大家身後。

4 如來壽量品第十六，《妙法蓮華經》第十六章。

那人安靜地環視眾人。

「大家受到重傷。那是你們自己傷害自己。但那都不算甚麼。」那人伸出潔白的大手撫摸楢夫的小腦袋。楢夫和一郎都聞到那隻手隱約散發厚朴花的香氣。然後大家身上的傷就完全痊癒了。

一個鬼突然哭著跪倒在那人面前。然後猛然把腦袋垂到尖銳的瑪瑙地面，用手碰了一下那發光的赤足。

那人再次微笑。這時巨大的金光化為金輪籠罩那人的腦袋周圍。那人說：

「你們以為，此處的地面是利劍形成。你們的雙腳和身體因此受傷。但這地面其實是平坦的。你們看。」

那人稍微躬身伸出潔白的手在地面畫了一個圈。大家拼命揉眼睛。也懷疑自己的耳朵。本來充滿紅色的瑪瑙棘刺噴出暗色火舌的可悲地面，如今平坦無波，變成蔚藍的湖面，湖水一望無垠，最後邊緣形成孔雀石[5]色帶有無數美麗的條紋，上方宛如海市蜃樓並且更清晰地浮現出許多美麗的樹木和建築。那些建築位於很遠很遠的地方卻擁有必須仰望的高大屋頂，發出或藍或白的光芒，或者垂掛彩虹色的旗幟，從一棟建築到另一棟建築之間有空中橋廊相連，而且橋上綴著光彩如珍珠的欄杆，有的高塔掛著許多鈴鐺或裝飾網，塔尖的棒子筆直聳入雲霄。那些建築物悄然無聲，影子清晰地倒映水面。

還有許許多多樹木。看起來就像是珠寶雕琢而成。也有外形看似赤楊樹卻是翠綠色的樹。還有看似楊柳卻結出小果子如白金的樹木。所有樹木的葉片都在閃爍光芒互相摩娑碰撞發出微妙的聲音。

之後空中有各式各樣的樂器聲音伴隨五顏六色的光粉一起微微飄落。最令人驚愕的是無論是那些光鮮體面的人或自己這邊都有。有些人像鳥一樣在天上飛翔，但身後筆直拖著銀色的裝飾繩完全沒掀起任何波濤。萬物瀰漫夏日黎明的那種香氣。一郎卻忽然發現自己這些人再次站在蔚藍平坦的湖面上。可那原

5 孔雀石，簇擁成束狀或花瓣狀的晶體。帶有鑽石或絲絹般的光澤，顏色為綠、暗綠、墨綠、淺綠等。

本是湖水嗎？不，不是水。很硬。很冷，很光滑。那原來是藍寶石地板。不是木板，是地面。只是因為太光滑太璀璨，所以看起來像湖水罷了。

一郎看著剛才那個人。那人和剛才相比簡直判若兩人。頸掛美麗瓔珞頭上有金色光環，微笑站在大家的後方。看起來比在場任何人都耀眼。天人們手捧金子與紅寶石做成的美麗花器掠過一郎等人的頭上，沿路灑落碧綠和金色的大片花瓣。

那些花瓣靜靜地沉入天空。

剛才在昏暗的原野同行的人，此刻全都變得光鮮體面。一郎看著楢夫。楢夫同樣換上了金色衣服，也掛著瓔珞。然後一郎又看看自己。他的腳傷竟然全好了，此刻發出潔白的光芒，雙手散發馥郁的香氣。

好一陣子，大家只顧著發出歡喜聲，但之後有一個小孩說：

「這裡看起來真好，對面那是博物館嗎？」

那個發光的巨人微笑回答：

「嗯。也有博物館喔。收集了全世界的所有事物。」

這時孩子們開始提出各種問題。有一個人說：

「這裡也有圖書館嗎？我還想看更多安徒生童話故事。」

也有人說：

「如果是這裡的運動場應該甚麼都可以做吧，就算丟球，肯定也可以飛到很遠的地方。」

一個很小的孩子說：

「我想要巧克力。」

巨人沉靜地回答：

「書本這裡多得是。有些書一本之中還包括很多小本的書。有些書外型看起來很小很小內容卻包羅萬象融合所有書本的知識，你們可以仔細閱讀。也有運動場，在那裡練習跑步後就可以水裡來火裡去。也有巧克力。這裡的巧克力非常好。送給你們。」巨人朝天空看了一下。一個天人捧著黃色三角形組合成圖案的氣派盆子垂直降落。落到藍色地面後，恭敬地跪在巨人面前獻上盆子。

「你們吃吃看。」巨人拿了一顆給楢夫，同時對大家說。大家不知幾時都拿了一顆那種漂亮的糖果。舔了一口時，全身倏然清涼暢快。舌尖上隱約出現藍色螢光和橙色火焰之類漂亮的花朵圖案。一吃下去頓時彷彿渾身通電。過了一會後，全身上下都散發一種難以形容的香味。

「我們的媽媽在哪裡？」楢夫似乎忽然想起來了，如此問一郎。

這時那個巨人轉過頭來，溫柔撫摸楢夫的小腦袋說：

「我馬上就讓你看你以前的媽媽。你必須在這裡上學。還有，你得暫時和哥哥道別了。因為你哥哥要先回媽媽的身邊。」

那個人又對一郎說：

「你要再次回到原來的世界。你是個心地善良的好孩子。難得你在那片荊棘原野都沒有拋下弟弟。當時你磨破的腳現在已經可以打赤腳走過險惡的劍林了。千萬別忘記此刻的心情。你的故鄉有很多人從這裡過去。你要仔細尋找，學習真正的正道。」那個人摸摸一郎的頭。一郎只是合掌垂眼肅立。之後一郎聽見天空那頭有美妙的聲音在傾力高歌。歌聲漸漸改變，所有的景色變得朦朧如在霧中漸漸遠去。但迷霧的彼方有一棵樹雪白耀眼地矗立，楢夫也變得耀眼聖潔地站著，好像想說甚麼似地微微笑著，朝這邊稍微伸出小手。

## 五、山嶺

「楢夫！」一郎覺得自己大叫一聲後就看到嶄新潔白的東西。那是雪。然後他看到蔚藍的晴空刺眼地出現在他頭頂上。

「還有呼吸！眼睛睜開了！」一郎隔壁家的紅鬍子立刻跪倒在一郎的頭部頻頻試圖讓一郎醒來。然後一郎清醒地睜開眼睛。他緊抱著楢夫埋在雪中。耀眼的藍天下，村民們的臉孔和紅色毛毯還有黑外套清晰浮現，正在俯視一郎。

「弟弟怎麼樣？弟弟呢？」穿著狗皮的獵人高喊。旁邊的人抓起楢夫的手臂觀察。一郎也看著他。

「弟弟不行了。快點生火。」一旁邊的人大喊。

「生火也沒用。讓他躺在雪中。讓他安息吧。」

獵人叫喊。一郎被人扶起來時又看了一次楢夫的臉。那張小臉像蘋果一樣紅潤，嘴唇依然像剛才在微光的國度和一郎道別時那樣微微帶著笑意。但他的眼睛緊閉，已經沒有呼吸，而他的小手和胸脯早已冰涼。

# 茨海小學

我去茨海原野[1]，是為了採集適合的火山彈標本，另外就是要查證那邊有野生濱茄[2]生長的傳言究竟是真是假。眾所周知，濱茄是生於海岸的植物。現在居然生長在離海一百二十公里還隔著山脈的原野上，大家都說太奇怪了。有人在報紙上舉出三大理由，主張那片茨海原野直到不久前還是海。首先，就是茨海這個名稱，第二，有濱茄生長，第三，如果品嘗那裡的泥土好像的確有點鹹。話雖如此，我還是認為那些東西壓根無法當成證據。

可惜我始終沒找到濱茄。不過就算我沒找到，也不代表那裡沒有濱茄。如果我真的能發現一棵，或許就能證明濱茄的存在吧。所以到頭來我還是不確定。

至於火山彈，雖然邊緣有點破碎，但我費了半天工夫好歹還是找到一個了。

雖然找到了，可惜卻被迫捐出。被誰逼著捐出？那當然是校長囉。哪個學校？呃，說到這個學校，老實說就是茨海狐狸小學。千萬別驚訝。其實我那天下午還去參觀了茨海狐狸小學。你用不著神情這麼古怪。我並沒有被狐狸欺騙。所謂被狐狸騙的人，都是把狐狸看成美女或是和尚吧。可我看到的的確確就是狐狸。狐狸看起來就是狐狸如果算是被騙，那麼人看起來就是人豈不也是被人騙了。

只是有點奇怪的是，若是人類的小學也就算了，狐狸的小學又是怎麼回事呢？不過那倒也不是太大問題。總之你先聽我往下說嘛。放心，我確定真的有狐狸小學。但我必須鄭重聲明，雖說有狐狸小學，但是那全都在我腦中，絕對不是說謊。我有明確的證據才敢這麼說。如果大家聽了完全相信，那麼狐狸小學也會在你腦中。我經常一個人自行漫步在這種荒蕪的原野。但做完這種旅行之後會很累。尤其是算術之類的會變得很差。所以聽聽這種旅行的故事對各位絕對不會有妨礙，但最好不要老是隨便出門亂跑。

那我就繼續往下說吧。其實比起在那長滿荊棘和芒草的原野中尋找濱茄，

1 茨海原野，虛擬地名。

2 濱茄（玫瑰、濱梨，Rosa rugosa），濱茄（hamanasu）是濱梨（hamanashi）的東北腔發音。玫瑰科玫瑰屬，生長在日本地區東北海岸沙地的落葉灌木。靠地下枝繁殖。初夏開始開花，秋天結果（約二至三公分），可食用。

打從一開始就直接去參觀狐狸小學會更好。從上午第一堂課開始參觀比較有參考價值，而且也更有趣。我看到的正如前面也提過的，是下午的課程。從下午一點到二點的第五堂課。狐狸小學生還挺老實本分的喔。即便到了第五堂課，也沒有任何人不耐煩。關於參觀情形，我就詳細敘述一下吧。肯定對您也頗有參考價值。

我沒找到濱茄，只發現一個小火山彈，就這樣坐在草地上。天空滿是閃閃發亮的白色魚鱗雲。荊棘結滿青色果實，茅草也開始結穗了。太陽正好高掛在天空中央，所以我知道已經中午了。而且我肚子也餓了。於是我從背包取出帶來的麵包袋，立刻打算吃午餐，可我忽然想喝水。之前走過的地方，沒看到任何溪流或泉水，如果再繼續向前走一會，說不定可以遇上甚麼小溪流，於是我把火山彈放進背包，也懶得扣上扣子，就這麼任由背包的皮帶垂落，把背包重新扛到背上，拎著麵包袋，又慢慢向前走。

我一再穿過荊棘像籬笆的場所，也經過芒草如大片植栽的地方，不停向前走，但原野還是和之前一樣，完全沒有小溪流。無奈之下，我駐足打算就地吃麵包，這時我聽到遠方傳來鐘聲。那很像是哪家學校的鐘聲，甚至迴響在天空的潔白魚鱗雲之間。這片原野上不可能有學校，一定是因為我突然駐足，所以腦子發暈嗡嗡響吧，但是想來想去還是覺得剛才的聲音是真的。不僅如此，這次我又聽見孩子們吵鬧的說話聲。由於原野上有點風，因此聲音忽遠忽近。但聽起來分明就是天真無邪的孩童聲音在呼喊、回應，或是一個人自己大叫，有時又哇地大笑，其間也夾雜成年人渾厚低沉的嗓音。事情好像越來越有意思了。我忍不住好奇，於是朝聲音的方向跑去。即使途中被金剛藤絆倒，不小心一腳踩進凹洞，我還是拚命往那邊跑。

結果原野上的荊棘漸漸變少了，不是有那種高約三十公分會冒出煙霧似的穗頭叫甚麼早熟禾的野草嗎？那玩意倒是非常多。我大步跑過那上面。結果不知怎地忽然被棍子還是甚麼給絆倒，重重倒在草上。我急忙爬起來一看，原來我的腳被那種野草糾纏在一起的穗子絆住了。我只能苦笑著爬起來繼續跑。然後再次重重摔倒。我覺得奇怪，仔細一看，那些早熟禾的草穗並非胡亂糾結在一起，是特地從兩端像拱門一樣綁在一起。這是一種陷阱。我四下一看，果真發現地上有許多那種陷阱。於是我格外小心地再次邁步前進。我盡量不把腳往旁邊拖，小心抬起腳穿過那些陷阱，但是還沒走二十步，我又再次摔倒了。同時，遠方響起一陣大笑，然後是哇啦哇啦的歡呼聲。我看到許多白色和褐色的小狐狸只穿著背心或短褲，紛紛看著我這邊嘻笑。有的歪頭大笑，有的噘起嘴不說話，有的張大嘴對著天空哈哈傻笑，有的蹦蹦跳跳大叫，有白有褐好多隻。啊啊，看來我終於來到狐狸小學了，我來到了以前曾經聽人提過的茨海狐狸小學了。我滿臉通紅地爬起來，一邊摩挲身體一邊思考。這時，狐狸學生們忽然安靜了。只見一位穿著黑色禮服的老師，尖尖的褐色嘴巴不是閉著也不是張開，兩眼直視前方安靜地走來。這個老師，當然是狐狸老師。尖尖的耳朵迄今還清晰烙印在我的眼底。老師猛然站住。

「你們又做陷阱了。這樣胡鬧，萬一害難得光臨的客人出了意外怎麼辦？

這可是關係到學校的名譽。今天我一定要懲罰你們才行。」

狐狸學生們全都垂下耳朵雙手舉在頭上垂頭喪氣。老師朝我走來。

「您是來參觀的嗎？」

我心想反正順便，那就去參觀一下是甚麼情況吧，今天雖是星期天，不過剛才學校有鐘聲，而且以狐狸的作風，八成規定也很隨便，搞不好根本沒有放假這回事……我一個人默默胡思亂想。

「對，我很想參觀一下。」

「有人介紹您來嗎？」

我驀然想起以前《幼年畫報》[3]上，武這個人畫的狐狸小學插圖。

「是畫家武先生。」

「有介紹信嗎？」

---

3 《幼年畫報》，一九〇六年至一九三六年博文館出版的月刊雜誌。

「沒有介紹信，不過武先生現在可是大人物喔。他是美術學院的會員。」

狐狸老師搖手表示不管用。

「總而言之，您沒有帶介紹信吧？」

「沒有。」

「好吧。請跟我來。不過現在正好是午休時間，我帶您參觀下午的教學。」

我跟著狐狸老師走了。學生們都縮成一團，默默目送我離去。總共大概有五十人吧。我們經過後，他們才紛紛站起。

老師倏然向後轉身。然後強勢地命令：

「去把陷阱都解開。這樣胡鬧會影響學校的名譽。我待會要處罰主謀者。」

學生們團團轉忙著把那些草結陷阱全都解開。

我看到對面出現高約二公尺很漂亮的荊棘籬笆。籬笆的長度大概有二十幾

公尺。正中央是入口，裡面高出一截。我還以為那只是籬笆。沒想到老師客氣地說，

「來，請進去吧。」我按照吩咐一腳跨進去，當下愕然。那裡竟然是玄關。裡面是修剪得很漂亮的低矮草皮，用荊棘做成各種區隔。有拖鞋口，也準備了室內皮革拖鞋，還掛著用馬尾巴做成的撢子。一進去就是校長室，掛著寫了白字的黑牌子，用荊棘區隔成了房間，然後也有走廊。教師辦公室和教室全都用荊棘漂亮地區隔出空間。一切都和我們的小學一樣。唯一不同的就是教室和走廊都沒窗戶也沒屋頂，但這想必是本來就沒屋頂也不需要窗戶，再加上學校建築上方就有白雲閃亮地飄過，我認為實在太方便了。校長室中隱約可見穿白衣的人走動。也聽見嗯哼的乾咳聲。我東張西望到處看，老師笑了一下說：

「請換上拖鞋。我現在就去通知校長。」

於是我脫下長靴，換上拖鞋，放下背包拿在手裡。這時老師已走進校長室，不久和校長一起出來了。校長是隻乾瘦的白狐，穿著看似涼爽的立領服

裝。那是狐狸穿的衣服當然也附有裝尾巴的口袋。我猜裁縫費絕對不便宜。而且大大的近視眼鏡後面的眼睛是金色的。校長定定凝視我。然後突然說：

「歡迎光臨。來來來，快請進。聽說學生們在運動場上對您很失禮。來來來，快請進。請進。」

我跟著校長走進校長室。裡面可氣派了。桌上放著地球儀，後面的玻璃櫃陳列著雞骨頭和各式各樣的陷阱標本，還有狼皮、各種用黏土做成的精美槍砲模型、獵人戴的帽子、獵帽乃至各種狐狸接受初等教育必須用到的東西，這裡一應俱全。我瞪圓了眼，在這裡也只能像土包子一樣東張西望。後來校長倒茶請我喝。我一看，是紅茶。好像也加了牛奶。我已經完全嚇破膽了。

「別客氣，請坐。」

我恭敬坐下。

「呃，不好意思，請問您也是從事教育業嗎？」校長問。

「對，我是農校的教師。」

「今天學校放假嗎？」

「是，今天是星期天。」

「原來如此，你們使用的是陽曆，所以星期天放假啊。」

我覺得有點怪異。

「如此說來，難道您這裡不是嗎？」

狐狸校長仰望燦爛藍天的某一處，安靜地捻鬚回答。

「是的，是的，這個問題問得非常好。我們用的是陰曆，所以週一才放假。」

我聽了嘆服不已。如此看來，這所學校程度肯定相當高，說不定狐狸這邊只分小學和大學二種學校，抑或，這個茨海小學會把學生教到中學五年級的程度？察覺這點後，我急忙請教：

「請問，貴校的畢業生有很多都會上大學嗎？」

校長得意地仰望另一個方向回答：

「是的，今年倒是很不可思議地有許多學生想工作，十三名畢業生中，有十二人都要返鄉工作。只有一個人報考了大谷地大學，而且已經順利考取了，是的。」

完全如我所料。

這時隔壁的教師辦公室有一位只穿黑背心且褐色毛髮蓬鬆的狐狸老師走進來，對我行以一禮說：

「請問武田金一郎該如何處罰？」

校長徐徐轉向狐狸老師，然後看著我。

「這位是三年級的班導師。這位是麻生農校的老師。」

我也點頭致意。

「說到該如何處罰武田金一郎，雖然當著客人的面有點不好意思，你還是把他叫來吧。」

擔任三年級導師的褐色狐狸老師，恭敬行禮後離開了。不久，穿著藍格子短上衣的狐狸學生，跟在剛才那個老師後面垂頭喪氣地走進來。

校長泰然自若地摘下眼鏡。然後盯著武田金一郎這個狐狸學生看了半晌後才說：

「是你叫大家在運動場上做那種草結陷阱的吧？」

武田金一郎立正回答：

「是的。」

「你不覺得那樣做是不對的嗎？」

「現在知道錯了。但是設陷阱的時候不覺得有錯。」

「為什麼那時不覺得有錯？」

「因為我不是為了故意絆倒客人。」

「那你是為了甚麼設陷阱？」

「我本來想叫大家一起玩障礙賽跑。」

「學校向來禁止設那種陷阱，你忘了嗎？」

「我記得。」

「那你為什麼還要那樣做？你也知道客人會這樣經常光臨。而你卻在運動場的入口布置那種東西，萬一客人出了甚麼意外怎麼辦？你明知學校禁止那樣做，為什麼還偏要那樣做？」

「我也不知道。」

「不知道是吧。你的確很不懂事。不過那個就不提了。你們用那種陷阱絆倒這位客人，聽說客人摔倒時你們還在旁邊拍手歡呼，連我這裡都聽見了，你為什麼要那樣做？」

「不知道。」

「不知道是吧。你真是太不懂事了。如果懂事就不會做出那種事了。那麼，今天就由我代為向客人賠罪道歉，下次你可要好好注意喔。知道嗎？絕對不可以再明知故犯違反校規。」

「是，我知道了。」

「那你去玩吧。」校長接著轉向我。班導師還規矩站在一旁。

「您也都看到了，這孩子天真無邪，絕非故意嘲笑您，所以還請您原諒他。」

我當然立刻說：

「不敢當。是我突然闖入貴校的運動場，做出失禮的舉動。能夠博取學生一笑是我的榮幸。」

校長擦拭眼鏡。

「哎，真是謝謝您。武村老師，你也要好好謝謝人家。」

擔任三年級導師的武村老師也朝我點頭致謝，然後向校長行禮後走回教師辦公室。

狐狸校長低頭吭吭兩三下後，又替我倒了一杯紅茶。這時鐘聲響起。這應該是表示再過十分鐘就要開始下午的課程了吧。校長看著對面的黑漆時間表開口：

「下午一年級上的是修身和防身課，二年級是狩獵課，三年級是食品化學，您都要參觀嗎？」

「我很想一一參觀。想必非常有意思。未能從早上的課程就參觀實在很遺憾。」

「哪裡，歡迎您改天再來。」

「防身課和修身課一起上嗎？」

「對，到去年為止還是分開上的，可是結果好像反而不太好。」

「原來如此，還有狩獵課，貴校竟然也教授這麼高尚的學科啊。我們人族只有高等專門學校或大學的森林系才有那種課程。」

「這樣啊，原來如此。不過人族的狩獵課，和我們的狩獵課內容截然不同吧，哈哈。人族的狩獵列入我們的防身課程，而我們的狩獵，這個嘛，狩獵前置作業算是你們的畜產課程吧，總之，到時候我再一一向您詳細說明。」

這時鐘聲再次響起。

我聽見嘰嘰喳喳的說話聲，然後是「立正」和「報數」、「向右看齊」、「向前走」，狐狸學生們好像按照各個年級紛紛進入教室了。

又過了一會，每個教室都悄然無聲。只聽見老師們渾厚的嗓音。

「好，那我現在就帶您去參觀吧。」狐狸校長賢明地噘起嘴笑著從椅子站起。我跟隨校長走出辦公室。

「先帶您去參觀一年級。」

校長走進掛著「第一教室，一年級，班導師，武井甲吉」的黑牌子，被荊棘區隔開的教室。我也跟著進去。這個班級的老師我還沒見過，打扮非常光鮮體面，頭上的銀毛剪成非常高尚的德國式西裝頭，穿著白色禮服站在講台上。講台後方的荊棘牆面當然掛著黑板，老師面前有講桌，學生共有十五人，規規矩矩坐在白色桌前正在聽課。我走進去一站，老師立刻走下講台朝我們行禮。然後又走上講台說：

「這是麻生農校的老師。大家起立。」

狐狸學生立刻全都站起來。

「大家唱麻生農校的校歌表達歡迎之意。預備，一，二，三！」老師開始揮手指揮。學生們引吭高歌我們學校的校歌。我激動得站都站不穩，幾乎快哭了。任誰忽然來到茨海狐狸小學聽到狐狸學生唱出自己學校的校歌恐怕都會忍不住落淚吧。但我還是強自按捺，皺起臉忍住淚水。其實難受多於喜悅。唱完校歌，老師行個禮伸手比劃讓學生坐下後，就拿起教鞭。

黑板上寫著「最好的謊言是誠實」。老師開始說明：

「所以，本來說謊是不對的。就算多麼善於說謊也不行。如果聰明人聽見了，一定會識破真相。因為聰明人從你說話的字裡行間立刻就能分辨是真是假，也能從你的聲音判別真偽，還有從你說話時的神情和肢體動作也能一眼看出。因此，說謊就算暫時好像騙過眾人，肯定也會很快露出馬腳。

因此，這句格言的意思是說，當某人說了一個謊，以為這樣就能成功敷衍過去。這時如果自己反覆審視這個謊言，不知不覺中，就會開始懷疑對方可能會發現自己在說謊，覺得必須修正一下說法才行，於是就換了個說法，然後又把新的說法在心中翻來覆去檢視，想想還是覺得那樣說也不妥，於是又決定換個說法。結果那樣好像還是不行，又想換個說法。這樣拼命思考半天，最後乾脆說出真話。那麼，說出真話之後，實際上會怎樣呢？結果反而比說謊更好，哪怕當下看起來的結果似乎不好，但最後，到頭來結局是好的。所以這句格言還有一種說法，那就是『誠實才是最方便的上策』。」

老師對著黑板，把剛才說的格言寫在前一條格言旁邊。

學生們本來規矩把手放在膝上，豎起耳朵傾聽，這時立刻一起拿筆抄寫黑板上的格言。

校長看了一下我的臉。似乎想知道我對剛才的授課內容有何感想，所以我閉上眼五、六秒，表達我是多麼深受感動難以言表。

在大家抄寫之際，老師把雙手揹在身後站著不動，等大家紛紛放下鉛筆開始看老師，老師才繼續講課。

「所以剛才這句『誠實是最方便的上策』，不只是告訴我們最好別說謊，還可以反過來應用。那就是人類不對我們說謊也是最方便的上策。舉個例子來說，就像陷阱。陷阱有很多種。最可怕的，是看起來就像陷阱的陷阱。而且是機關非常拙劣的陷阱。按照人類的說法，陷阱有很多種，但最能夠逮到狐狸的陷阱，是自古傳承下來的捕狐陷阱，看起來就擺明了是要捕狐狸的傳統捕狐陷阱。他們就是這麼說的。誠實是最方便的上策，就是這個道理。」

我覺得這個修身課的內容很怪，開始有點頭暈腦脹，這時我想起剛才校長說過，修身和防身課從這學年開始合併為一個科目，而且他說那樣想必結果比較好。我懂了，原來如此。我不禁暗自點頭。

這時老師說，

「武巢同學，妳去校長室把陷阱的標本拿來。」穿著紅背心坐在最前排就在我附近的可愛小狐狸說聲「是」，站起來向我們行個禮，然後迅速從荊棘圍籬的出口跑出去了。

其間，老師默默等待。學生們也很安靜。天空這時堆滿白雲，太陽在遠方如銀色圓鏡匆匆走過，清風吹來，綠色的圍籬處處隨風晃動。

武巢這個孩子氣喘吁吁地回來了。她把剛才在校長室玻璃櫃內陳列的五個陷阱標本都拿來了。把陷阱放到老師的桌上後，那孩子回到座位，老師拿起其中一個陷阱。

「這是美國製的陷阱，叫做Fox catcher。外表鍍鎳，所以看起來才會這樣閃閃發亮。如果把腳伸進這個鐵環，鐵環就會猛然收緊，讓你再也無法脫身。當然這個器具會用鐵鍊或繩子綁在粗大的樹幹上，所以只要腳被扣住就完蛋了。但是任何人都不會故意把腳伸進這種亮晶晶的怪玩意。」

狐狸學生哄堂大笑。狐狸校長也笑了。狐狸老師也笑了，我不禁也笑了。這種陷阱的圖片無論在外國或日本，種苗目錄的最後幾頁肯定會附帶，而且還很有效，我以前就覺得有點不可思議。

這時校長從口袋掏出懷錶看了一下。我心想，時間不斷流逝，八成是要帶我去下一個教室參觀了吧，於是我稍微動了一下身體暗示他。校長看了迅速走出教室。我也跟著離開。

我們走進掛著「第二教室，二年級，班導師，武池清二郎」這個黑色牌子的教室。老師就是剛才在運動場見過的那個人。全體學生起立一鞠躬。

老師立刻繼續之前的教學。

「所以，澱粉和脂肪還有蛋白質，這些成分的重要性同學們應該都了解了吧。

接下來要談的，是甚麼樣的食物，以甚麼樣的比例含有這三種成分。一般食物中，營養最豐富又美味，而且外表也好看的就是雞。實際上，雞甚至被稱為食物之王。現在我就列出雞肉的成分分析表。大家把它抄下來。

蛋白質占有百分之十八點五，脂肪占了百分之九點三，碳水化合物占了百分之一點二。雞肉不僅含有這些豐富的營養成分，而且也非常容易消化。尤其是嫩雞肉，真的是柔嫩可口，說到那種美味，」老師嚥了一下口水，「簡直難以形容。只要吃過的人應該都知道。」

學生們好一陣子悄然無聲。校長也盯著地板默默思考。老師掏出手帕把嘴角擦乾淨後又說：

「一般來說，不只是雞肉，鳥肉也含有許多滋養我們腦神經最重要的磷。」

我暗忖，這可是女校的家政課本才有寫的知識，這所學校果然程度相當高，不容小覷。這時老師又說：

「還有雞蛋也非常好。成分中的蛋白質比雞肉少了一點，脂肪則多了一點。病人也經常吃這個。接下來是油豆腐。油豆腐以前供給非常充足，但現在已經不比當年了。這是因為，這種食物已經不流行了。成分中蛋白質占了百分之二十二，脂肪占了百分之十八點七，碳水化合物占了百分之零點九，但在這年頭已經不太重要。取代油豆腐的是最近當紅的玉米。但這玩意不容易消化。」

「還有一點時間，我們繼續參觀下一個教室吧。」校長悄悄對我耳語。於是我點點頭，校長率先走出教室。

「第三教室在對面那一頭。」校長說著大步沿著走廊往回走。經過剛才的第一教室旁，越過玄關，經過校長室與教師辦公室，終於抵達第三教室，上面寫著「三年級，班導師武原久助」。是剛才那隻褐色毛皮蓬鬆的老師任課的教室。教的是狩獵。

我們走進去時，師生們都站起來打招呼。然後繼續講課。

「所以狩獵分為前置作業、主要作業、後續作業，這你們已經都了解了吧。前置作業就是獎勵養雞，主要作業就是捉雞，後續作業就是吃雞。前置作業的獎勵養雞方法，我打算詳細敘述，不過在此就舉個最好的範例吧。前不久我去茨窪的松林散步，對面忽然有個穿著小倉棉布黑衣的人類學生沉思著走來。我立刻猜出那個學生在想甚麼，所以立刻衝到他面前。

這時對方似乎嚇了一跳，於是我先開口說：

『喂，你知道我是誰嗎？』

那個學生聽了說：

『你是狐狸吧。』

『是的。但你現在正在想天大的煩惱吧？』

『沒有，我甚麼也沒想。』那個學生矢口否認。他的回答讓我非常滿意。

『那我就來猜猜看你在想甚麼吧。』

『不，不用了。』那個學生說。這個反應再次讓我很開心。

『你在想後天的才藝表演該演說甚麼才好吧？』

『嗯，被你說對了。』

『是嗎，那我教你吧。後天你可以闡述養雞的必要。在農家，灑在地上摻了沙子的麥子和小米，扔掉的菜葉甚麼的多得是。還有高麗菜之類的，上面也有菜蟲。那些全都可以餵雞。雞也很愛吃那個。還會生蛋。可以說一舉兩得。』

我這麼一說，那個學生非常高興，熱情向我道謝後就離開了。我想那個學生一定會在才藝表演會上演說。然後大家聽了覺得很有道理就會立刻開始養雞。養出許多肥雞和小雞。屆時我們就可以開始進行主要作業了。」

我聽到這段話時，實在太好笑了簡直憋不住笑意。狐狸老師說的那個學生就是我們學校的二年級學生。上次舉辦才藝表演會，那個學生把他遇到狐狸的經過一五一十都說了。只是最後結尾有點不同。根據那個學生的敘述，他一語道破：「搞了半天，你想勸我養雞，然後自己再去偷雞吃吧？」之後狐狸就抱頭逃走了。但我沒有把這件事說出來。這時正好下課鐘聲響起，老師說，「今天的課就上到這裡。」然後行個禮。我跟著校長回到校長室。校長又替我的茶杯添上紅茶，說道：

「看完有何感想？」

我回答：

「老實說，我現在腦子已經一團混亂。」

校長高聲大笑。

「哈哈哈！每個人都這麼說。對了，今天您在原野上找到甚麼好東西了嗎？」

「是的，我發現火山彈。可惜並不完整。」

「借我看一下。」

我只好從背包取出。校長拿在手裡看了一會後，

「真是好標本。您看這樣行不行，不如就捐贈給敝校吧？」他說。

我無可奈何，只好回答：

「好，沒問題。」

校長默默把它放進玻璃櫃。

我已經頭暈腦脹再也坐不住了。

這時校長忽然說，

「那就再見了。」

於是我也說：

「那我告辭了。」在我說話的同時已急忙走出玄關。然後拔腿就跑。

狐狸學生們哇哇怪叫，老師們渾厚的喝止聲也在身後清楚傳來。我跑了又跑，終於跑到茨海原野我每次去的地方。這才總算鎮定下來，緩緩走回家。

結果，茨海狐狸小學到底是甚麼樣的教育方針，我還是完全不了解。

老實說真的一頭霧水。

# 朝鮮白頭翁

各位知道毛姑朵花[1]嗎？

毛姑朵花在植物學上稱為朝鮮白頭翁[2]，但我總覺得白頭翁這種名稱好像不太適合那種嬌柔稚嫩的花朵。

若問我不然毛姑朵又是甚麼意思，我好像也似懂非懂。

比方說，就像咱們這塊地方習慣把貓柳的花芽稱為貝姆貝絨，那個貝姆貝絨到底是甚麼意思，其實我也同樣似懂非懂。總之貝姆貝絨這個名詞的語感中帶有貓柳花芽那種銀色絨毛的味道，彷彿清晰呈現出早春柔和的春光，說到毛姑朵花時，那種毛茛科的朝鮮白頭翁黑絲緞般的花瓣、淺藍色同樣如銀色天鵝絨的葉片，還有六月長出的光亮冠毛，全都清晰浮現在眼前。

它是火紅貓爪草[3]的堂兄弟，是君影草[4]和豬牙花[5]的好朋友，天底下沒人會討厭這種毛姑朵花。

你看。這種花就像是黑絲緞做成的變形版杯子，但那種黑，打個比方，就跟葡萄酒看起來是黑色的一樣。我問始終在這種花的底下來來往往的螞蟻。

「你喜不喜歡毛姑朵花？」

螞蟻活潑地回答：

「超喜歡。任誰都不會討厭它。」

「但那種花黑漆漆的呢。」

「哪裡，只是有時候看起來黑。不過也有時候簡直像是火紅燃燒喔。」

「奇怪，在你們螞蟻的眼中看來是那樣？」

1 毛姑朵花，朝鮮白頭翁的眾多別名之一。

2 朝鮮白頭翁（Pulsatilla cernua），毛茛科多年生草本植物，生於日照充足的山野。全株密生白色長毛，高約十至三十公分，春天開紫花。日本稱之為「翁草」，是因為結果時細長花柱密集的樣子很像老人的白髮。

3 貓爪草（Anemone），毛茛科植物（朝鮮白頭翁的另一個學名就是Anemone cernua）。觀賞用的貓爪草是明治初年傳入日本的地中海沿岸原產歐洲銀蓮花改良而成。

4 君影草（Convallaria majalis），鈴蘭的別名，百合科多年生草本植物。栽培種德國鈴蘭和日本產的花及花莖皆不同。

5 豬牙花（Erythronium japonicum），百合科多年生草本植物。紫花楚楚可憐垂首的模樣類似鈴蘭及朝鮮白頭翁。

「不，當陽光灑落時，任何人看到它應該都是火紅的。」

「對對對。我懂了。因為你們永遠都是透過日光在看花。」

「而且它的葉子和莖也很漂亮，對吧？就好像種了柔軟的銀線似的。我們如果有誰生病時，就會拿一點那種銀線來安靜地摩擦身體。」

「這樣啊。所以，結論就是你們螞蟻很喜歡毛姑朵花，是吧？」

「是的。」

「很好。再見。路上小心。」

諸如此類。

還有，對面的黑檜木森林中的空地有山怪。山怪對著太陽坐在倒臥的樹幹上，本來似乎正要把鳥撕開吃掉，但不知怎地，山怪暗沉的金色眼珠一直盯著地面。甚至好像忘記吃鳥了。

那是因為山怪看見空地的枯草中有一棵毛姑朵花開花了，正在迎風招展。

我想起去年正好就是這個季節的某個清風徐來的中午。

那是在小岩井農場的南方，坡度徐緩的七森中最西邊的西側邊緣。枯草中有二棵毛姑朵花已經開出了那種黑色的柔軟花朵。

耀眼的白雲化為絲絲碎絮，亂糟糟地布滿天空不斷飄向東方。

太陽一再躲到雲層後，如銀鏡發出白光或者閃耀光芒如巨大的寶石高掛在藍天的最深邃處。

山脈的積雪潔白燃燒，眼前的原野變得黃褐相間，四處開墾的田地就像是被貼上暗褐色的方形碎布。

那二棵朝鮮白頭翁草就在那變幻莫測的光影魔術中，比夢境更安靜地交談。

「哪，雲又遮住太陽了。你瞧遠方的田地已經罩上暗影。」

「雲飛奔而來，跑得好快啊，落葉松也變暗了。雲已經越過它了。」

「來了來了。噢噢好暗。四周忽然變得幽深安靜。」

「嗯，但已經有一半的雲穿過太陽下方了。肯定馬上就會變亮。」

「太陽出來了。你瞧，啊呀，變亮了。」

「不行，雲又來了，你瞧，哪，對面的白楊樹已經變黑了吧。」

「嗯，看起來就像走馬燈呢。」

「喂，你看。山頂的積雪上也有雲影滑過呢。就在那邊。你看。動得好像比這裡慢。」

「已經飄下來了。啊啊這次好快好快，簡直像墜落下來。已經到山腳了。咦，到哪去了？不見了呢。」

「真不可思議，雲到底是從哪冒出來的？哪，西方天空發出淡藍光芒看起來很晴朗吧。而且還有風不斷吹過天空吧。可是雲好像永遠都不會消失耶。」

「不，雲就是從那裡湧現的。你瞧，那邊不是有小朵小朵的雲絮出現嗎？一定會逐漸變大。」

「啊呀，真的是那樣耶，變大了。已經有兔子那麼大了。」

「漸漸飄過來了。好快好快，變大了，像白熊。」

「又遮住太陽了。要變暗了，真美。啊啊，太美了。雲的邊緣彷彿點綴著彩虹。」

剛剛還在西方遙遠的天空拼命啼叫的雲雀，這時被風一吹，怪異地歪著翅膀落到二人身旁。

「午安，今天有風真糟糕。」

「咦，雲雀，歡迎你來。今天高空的風想必很強勁吧。」

「是啊，好大的風呢。張大嘴時風就讓我的身體像啤酒瓶似地呼呼響。想啼叫或唱歌都很困難。」

「我猜也是。不過從這裡看過去，風真的很有趣呢。我們也好想飛飛看啊。」

「別提飛翔了。你再等二個月吧。到時候就算你不想飛都會被吹跑。」

之後到了第二個月。我去御明神[6]的途中又順路去了那裡。

---

6 御明神，位於小岩井農場西南方，屬於雫石町的聚落。田澤湖線春木場車站南方約一公里處。

山丘已綠意盎然，梓木草的花朵就像小孩的藍眼睛，小岩井的原野上，牧草與燕麥閃閃發光。風已經從南方吹來。

春天時那二棵毛姑朵開的花如今已變成一簇簇毛茸茸的銀毛。當原野上的白楊樹銀白色的葉片簌簌翻飛，山腳的野草發出碧金色光芒時，那二棵毛姑朵花的簇簇銀毛就會抖呀抖的好像隨時會乘風飛去。

然後雲雀低低掠過山丘上空飛來。

「午安。天氣真好。怎麼樣，你們馬上就要起飛了吧？」

「是的，我們將要遠行了。我們從剛才就在看是甚麼風會把我們帶走。」

「怎麼樣，飛走的感覺討厭嗎？」

「沒甚麼。反正我們的任務已經結束了。」

「不會害怕嗎？」

「不會，就算飛走了，不管去哪裡，原野還是充滿太陽的光輝。無論我們各分東西或者掉到哪個水窪，太陽都會公平地看著我們。」

「是的，是的。沒甚麼好怕的。我也不知能在這片原野待多久。如果明年還在，那我明年就在這裡築巢。」

「好，謝謝。啊啊，我現在覺得呼吸暢快多了。一定是這次的風。雲雀，再會了。」

「我也是，雲雀，再見。」

「那就再見了，請多保重。」

美麗清透的風吹來。先是吹得對面的白楊樹葉片翻飛，接著又讓青色的燕麥波濤起伏然後爬上了山丘。

毛姑朵花亮晶晶的像要跳舞般搖來搖去大喊：

「再見了，雲雀，再見了，各位。太陽公公，謝謝你。」

然後毛姑朵花就像星子破碎噴濺時那樣渾身四分五裂，每一根銀毛都發出潔白的光芒，像小飛蟲一樣飛向北方。而雲雀如子彈衝上天，唱了一會尖銳簡短的歌曲。

我在想。為何雲雀沒有飛去毛姑朵花的銀毛飛向的北方，為何筆直飛向天空？

那是因為二棵毛姑朵花的魂魄上了天。而且再也追趕不上了，所以雲雀才會唱那首短短的訣別歌送給他們吧。那麼，去了天上的二個小小靈魂會怎樣呢？我想他們已變成二顆小小的變光星。因為，變光星有時很黑甚至從天文台也看不見，也有時就像螞蟻說的看起來發出紅光。

# 土地神與狐狸

（一）

只有一棵樹的原野[1]北邊，有個略為隆起的小丘。長滿了狗尾草，中央有一棵美麗的女樺樹[2]。

樹本身並不大，但樹幹烏黑油亮，枝椏美麗伸展，五月時滿樹白花如雲，秋天落下或金黃或朱紅的各種葉片。

因此候鳥杜鵑及伯勞，還有小鷦鷯與綠繡眼都喜歡停在這棵樹上。不過如果有小鷹飛來時，小鳥遠遠看見了絕對不敢靠過來。

這棵樹有二個朋友。一個是土地神，住在正好距離五百步的泥濘谷地中，一個是褐色的狐狸，每次都是從原野的南邊過來。

嚴格說來，樺樹更喜歡狐狸。因為土地神雖然冠著神的名號卻非常暴躁，頭髮也像一把破破爛爛的棉線，眼睛通紅，衣服更是破爛得像海帶芽，總是打赤腳，指甲也又黑又長。可是狐狸卻風度高雅，很少惹怒別人也從來不做會得罪人的事。

不過如果仔細比較這二人，或許會發現土地神很誠實，狐狸也許有點不老實。

## （二）

初夏的某晚。樺樹長滿了柔嫩的新葉，周遭瀰漫馥郁的香氣，天空中，璀璨天河的無數繁星不停閃爍明滅。

狐狸拿著詩集走過星空下去訪友。他穿著剛做好的深藍色西裝，紅色皮鞋

1 小岩井農場的東北方，岩手山東麓的遼闊原野。

2 樺樹，其實是蒲櫻。樹皮類似樺木那樣很容易撕下的櫻樹，例如上溝櫻（Prunus grayana，生於山地的落葉喬木，晚春開白花）。

也吱吱響。

「真是個寧靜的夜晚。」

「是啊。」樺樹悄聲回答。

「天蠍星爬到對面去了。那顆巨大的紅色星星以前在中國稱為火[3]喔。」

「它和火星不同嗎？」

「和火星不同喔。火星是行星，但那傢伙是標準的恆星。」

「行星和恆星是甚麼？」

「所謂的行星，就是自己不會發光的傢伙。換言之，是因為在外來光線照射下所以好像在發光。恆星則是自己發光。比方說太陽當然就是恆星。雖然那麼大那麼耀眼，可是從很遠很遠的地方看起來還是像一個小星星。」

「哇，太陽公公也是一顆星啊。這樣看來天空有數不清的太陽，唉呀，是星星，唉呀還是不對，是太陽啦。」

狐狸灑脫地笑了。

「可以這麼說。」

「星星為什麼那樣有紅有黃也有綠呢？」

狐狸又灑脫地笑著高高交抱雙臂。詩集雖然晃來晃去但是始終沒掉下去。

「妳問星星為什麼有橘色有藍色和各種顏色嗎？是這樣子的。起初星星都像是朦朧的一團雲。現在天空也有很多。比方說仙女座、獵戶座和獵犬座都是如此。獵犬座是漩渦形。另外還有所謂的環狀星雲。因為形狀像魚口所以也稱為魚口星雲。如今天空還是有很多那樣的星雲。」

「哇，改天我也想瞧瞧。魚口形狀的星星一定很氣派吧。」

「那當然氣派囉。我在水澤的天文台[4]見過。」

「哇，我也好想看喔。」

「我讓妳看吧。其實我已向德國的蔡斯公司訂購了望遠鏡。明年春天之前

3 火，天蠍座的 α 星（Antares）。

4 水澤的天文台，位於膽澤郡水澤町（現在的水澤市）的緯度觀測站。

會送來，到時候我就立刻讓妳看。」狐狸不禁這麼脫口而出。然後他立刻想。唉，我又對唯一的朋友撒謊了。唉，我真是無藥可救的傢伙。但我絕非出於惡意這麼說。我只是想讓朋友開心。下次再老實告訴她真話吧。狐狸沉默片刻如此思忖。壓根不知情的樺樹開心地說：

「哇，太棒了。你真的每次都好親切喔。」

狐狸有點沮喪地回答：

「是啊，為了妳我甚麼都願意做。這本詩集，妳要不要看？是海涅[5]這個人寫的。雖然是翻譯本，但內容相當精采。」

「哇，可以借給我看嗎？」

「當然可以。妳留著慢慢看。那我該告辭了。奇怪，好像還有甚麼話忘了說。」

「是關於星星的顏色。」

「噢，對對對，不過那個還是改天再說吧。我不該打擾太久。」

「哎喲，沒關係啦。」

「我改天再來，再見。我只是來送書的。那我走了，再見。」狐狸匆匆走了。樺樹在這時吹來的南風中沙沙晃動葉片，一邊拿起狐狸留下的詩集，在天河及滿天繁星灑落的微光中翻閱。那本海涅詩集裡收錄了〈蘿蕾萊之歌〉[6]與各種美麗的詩歌。樺樹整晚都沉迷書中。直到原野過了三點後金牛宮[7]從東方升起時才稍微打個盹。

天亮了。太陽升起。

露珠在草尖閃爍，花朵爭相怒放。

土地神彷彿全身被淋上燒熔的銅漿般沐浴著朝陽，從東北方慢吞吞地走來。他像在思考甚麼似地拱著手慢吞吞走來。

---

5 海涅（Heinrich Heine，1797-1856），德國詩人。

6 〈羅蕾萊之歌〉（*Die Lorelei*），海涅寫的詩，由希爾樹（Friedrich Silcher，1789-1860）作曲。原詩為《詩歌集》中的組曲詩〈歸鄉〉第二篇。

7 金牛宮，古代占星術黃道十二宮的第二宮。

樺樹雖然奇怪他好像有甚麼困擾，但還是面對土地神走來的方向沙沙晃動了青葉。樹影落在草地上不停晃動。土地神靜靜走來，在樺樹面前站定。

「樺樹小姐。早安。」

「早安。」

「我啊，有很多事怎麼想都想不通，不明白的事情太多了。」

「噢，是甚麼樣的事呢？」

「比方說吧，草這種東西是從黑土冒出的，為什麼卻這麼翠綠。甚至開出黃色和白色的花。我怎麼想都想不透。」

「那應該是因為草的種子帶有綠色和白色吧。」

「沒錯。被妳這麼一說的確有道理，但我還是不明白。比方說秋天的蕈菇並沒有種子，純粹是從土中冒出的。可它還是有紅有黃五顏六色，真叫人想不透。」

「你何不問問看狐狸先生？」

樺樹心醉神迷地想起昨晚的星星話題，於是不禁脫口而出。

土地神聽到這句話頓時臉色大變。並且握緊拳頭。

「妳說甚麼！狐狸？狐狸說了甚麼？」

樺樹變得語帶畏縮。

「他甚麼也沒說，我只是覺得他也許會知道。」

「區區狐狸也配教導神嗎！哼！」

樺樹已經變得很惶恐，嚇得不停顫抖。土地神咬牙切齒高高交抱雙臂在周圍走來走去。他的影子黑漆漆的落在草上，讓小草也害怕得顫抖。

「狐狸實在是這世間的禍害。嘴裡沒有一句真話，又卑鄙又懦弱而且非常善妒。可惡，小畜生跩甚麼！」

樺樹終於打起精神開口：

「您的祭典馬上就要到了呢。」

土地神的臉色總算稍微好轉。

「沒錯。今天是五月三日，還有六天。」

土地神想了一會，忽然又怒聲咆哮：

「問題是人類太不像話了。這幾年連我的祭典都沒有送供品來。可惡，下次第一個走進我地盤的人，我一定要把他拉進爛泥裡。」土地神說著又開始惡狠狠磨牙。

樺樹本是好心想安撫他才提起這個話題，沒想到反而又惹他生氣，所以已經不知該如何是好，只能任由葉片隨風簌簌抖動。土地神在日光下彷彿氣得熊熊燃燒，同時高高抱著雙臂不停磨牙在周圍走來走去，但他似乎越想就越覺得看甚麼都不順眼。最後終於忍無可忍，大聲咆哮著氣沖沖回自己的谷地去了。

（三）

土地神住的地方約有小型賽馬場那麼大，冷颼颼的濕地長滿青苔、苜蓿和矮小的蘆葦，不過到處也有薊草和低矮扭曲的楊柳。

谷地濕答答的表面到處都有紅色的鐵鏽湧現，所以看起來泥濘黏稠很噁心。

中央宛如小島的地方，是原木搭建而成、高度不足二公尺的土地神祠。

土地神回到島上就在神祠旁躺了很久。還抓著乾瘦的黑腿不停撓癢。土地神看到一隻鳥越過自己頭頂筆直飛去。他立刻爬起來大聲噓了一下，飛鳥嚇了一跳，搖搖晃晃差點跌落，然後彷彿翅膀麻痺似地漸漸越飛越低逃往遠方。

土地神笑了一下站起來。但他立刻朝對面樺樹佇立的小丘望去，當下臉色一變呆住了。然後他氣沖沖地雙手亂搔蓬亂如枯草的頭髮。

這時谷地南方走來一名樵夫。大概是要去三森山[8]那邊砍柴，沿著谷地邊緣的小徑大步走，但樵夫顯然也知道土地神，不時面帶顧忌地望著土地神祠。

8　三森山，位於岩手山東北麓，瀧澤村北方標高六四〇・五公尺。

但樵夫看不見土地神。

土地神見了，愉快地脹紅臉。然後把右手向外伸，用左手扣住右手的手腕往回拉。奇怪的是，樵夫明明覺得自己走在路上卻漸漸踏進谷地來了。之後樵夫似乎很吃驚，腳步加快臉色也變得慘白，張著大嘴拼命喘氣。土地神緩緩轉動右手的拳頭。結果樵夫也跟著轉了一圈，之後越來越驚慌，只能不停喘氣在同一個地方一遍又一遍兜圈子。他似乎很想盡快逃離谷地，但他拼命掙扎還是照舊在原地兜圈子。樵夫終於害怕得哭了出來。甚至舉起雙手胡亂奔跑。土地神開心地嘻嘻竊笑，躺著看樵夫的笑話，不久，樵夫已經頭暈眼花累得半死，一頭栽倒在水中後，土地神這才緩緩起身。然後大步涉水走過去，把樵夫倒臥的身體朝對面的草叢扔去。樵夫重重跌入草中，呻吟著稍微動了一下，但是好像還沒清醒。

土地神放聲大笑。笑聲化為奇異的聲波飄向天空。

聲音飄向天空不久又從那邊彈回來，也落到樺樹那邊。樺樹驚愕地臉色大變，在陽光中慘白得透明，簌簌顫抖。

土地神好像癢得受不了似地雙手撓頭，一邊獨自思考。我過得這麼不痛快都是狐狸害的。比起狐狸這個禍害，更大的原因是樺樹。都是因為狐狸和樺樹。但我並不生樺樹的氣。就是因為不怪樺樹，我才會這麼鬱悶。如果連樺樹都不怪，那就更不用把狐狸放在心上了。我雖然個性不好，好歹也是神。況且如果老是和一隻狐狸斤斤計較未免也太丟臉了。可我就是在意，自己也無法控制。快把樺樹忘了吧。可我偏偏忘不了。今早她還臉色慘白渾身顫抖呢。她美麗的模樣我就是忘不了。我為了發洩自己的惱怒，居然欺負那麼可憐的人類。但這也沒法子。畢竟心情不好的時候，任誰也控制不了會做出甚麼事。

土地神獨自鬱鬱寡歡的走來走去。天空又有一隻老鷹飛過，但這次土地神不發一語只是默默看著。

很遠很遠的地方似乎有騎兵演習，傳來劈哩啪啦鹽巴爆裂般的子彈聲。天上的藍光不斷飄向原野。或許是吞服了那個，剛才被丟進草叢的樵夫終於醒來，戰戰兢兢爬起來後就四下張望。

然後他忽然跳起來拔腿就跑。朝著三森山的方向一溜煙逃走了。

土地神看了再次放聲大笑。笑聲再次飄向遠方又中途彈回，倏然落到樺樹那邊。

樺樹再次簌簌抖動得連葉片的顏色都看不清。

土地神繞著自己的神祠走來走去，不知走了多少遍後似乎終於平靜下來，身形倏然消融般遁入神祠中。

（四）

八月某個大霧瀰漫的夜晚。土地神說不出地寂寞而且煩悶得要命，於是信步走出自己的神祠。雙腳不知不覺走向那棵樺樹。其實土地神每次想到樺樹就會莫名其妙地心跳加快。而且非常難受。最近心態改變後已經好多了。所以他決定盡量不去想狐狸和樺樹的事，但偏偏就是會不由自主地想起。我好歹也是神吧，區區一棵樺樹對我到底有何價值？土地神天天都這麼勸誡自己。但他還是無法克制地傷心難過。尤其是只要稍微想起那隻狐狸，就痛苦得彷彿烈火焚身。

土地神深思著種種想法，同時漸漸走到樺樹附近。這時他才清楚意識到自己正要走向樺樹。頓時心如擂鼓。他已經好一陣子沒去過了，所以或許樺樹正在等待他出現，八成是這樣沒錯，若真是如此那讓樺樹痴等也太可憐了——這樣的念頭漸漸在土地神的心裡強烈萌生。土地神大步踩過草地心情雀躍地走去。可是那歡快有力的步伐不知幾時變得踉蹌，土地神彷彿從頭到腳籠罩在藍色憂鬱中令他不得不倏然駐足。因為狐狸已經先來了。夜已深，朦朧月光中，狐狸的聲音從沉澱的濃霧那頭傳來。

「是啊，當然是這樣沒錯。就算在機器方面達到對稱法則也不見得就是美。那種美是死掉的美。」

「你說得對極了。」樺樹文靜的聲音響起。

「真正的美不是那樣固定僵化像模型一樣的東西。就算達到對稱的法則，但我更期望它能擁有對稱的精神。」

「我也這麼想。」樺樹溫柔的聲音再次響起。土地神這次只覺體內冒出桃紅色火焰熊熊燃燒。他的呼吸急促，真的再也忍無可忍了。到底是甚麼讓你如此難過？只不過是樺樹和狐狸在原野中的簡短對話罷了，為了這點小事擾亂心神，你還配稱為神嗎？土地神如此譴責自己。這時狐狸又開口了。

「所以，任何一本美學書籍至少都會談論到這個。」

「你有很多美學書籍嗎？」樺樹問。

「對，也不算太多啦，不過日文、英文、德文的大抵都有。義大利的是新出版的還沒送來。」

「你的書房一定很壯觀吧。」

「哪裡，裡面很凌亂，因為還兼做研究室，那邊角落放顯微鏡這邊又堆著

《倫敦時報》，凱撒的大理石雕像還躺在地上簡直是亂七八糟。」

「哇，聽起來好棒喔，真的很厲害。」

狐狸似謙虛又似自豪地哼了一聲後，好一陣子無人說話。

土地神已經待不下去了。聽狐狸說的話，狐狸顯然比自己了不起。雖然這段日子以來土地神一再告訴自己好歹是個神，可這次已經不管用了。唉，好痛苦好難受，恨不得衝出去把狐狸撕成兩半，但那種念頭就連在夢中都不該有，可我到底算甚麼？到頭來居然還比不上一隻狐狸嗎？我到底該如何是好？土地神抓著心口痛苦不已。

「上次說的望遠鏡還沒寄來嗎？」樺樹又說。

「噢，妳說上次提到的望遠鏡？還沒來。一直遲遲沒來。因為歐洲的航路非常混亂。等東西一送來我就立刻拿來給妳看。土星環真的很美。」

土地神頓時雙手掩耳埋頭奔向北方。如果再默默待在那裡，他怕自己不知會做出甚麼舉動。

他落荒而逃似地奔跑。直到再也喘不過氣，一頭栽倒時已在三森山的山腳。

土地神揪著自己的頭髮在草地上翻滾。然後嚎啕大哭。哭聲就像這個季節不該有的雷聲直上雲霄傳遍整個原野。土地神哭了又哭，最後哭累了才恍恍惚惚回到自己的神祠。

## （五）

之後終於到了秋天。樺樹依然青翠，但周遭的狗尾草已經冒出金色草穗在風中閃閃發亮，處處也可看到鈴蘭的果實成熟變紅。

某個空氣澄澈清透的金秋晴日，土地神非常高興。今年夏天的種種痛苦經歷好像全都變得模糊不清，在頭頂上形成一道光環。而且那種奇妙的惡意也消失無蹤，樺樹想跟狐狸講話就去講好了，雙方都講得開心的話那是好事一樁，今天就把這個想法告訴樺樹吧——土地神一邊這麼想，心情輕快地走向樺樹。
樺樹大老遠就看到了。
她還是憂心忡忡地簌簌抖動著等待。
土地神上前快活地打招呼。
「樺樹小姐。早安。今天天氣真好。」
「早安。天氣的確很好。」
「天道循環真是令人感激。春花紅，夏日白，秋有黃葉，當秋天變成金黃，葡萄就紫了。真是太幸福了。」
「就是啊。」
「我啊，今天心情特別好。今年夏天雖然發生了種種不愉快，但今早總算心情變得輕快多了。」
樺樹想回話，可不知怎地，那好像變成很艱難的任務讓她就是開不了口。
「若是現在，我可以為任何人犧牲性命。即便蚯蚓非死不可，我也願意代替牠付出性命。」土地神望著遠方的藍天說。他的雙眸也漆黑有神。

樺樹又想回話，可是心情還是很沉重讓她只能微微嘆息。

就在這時。狐狸來了。

狐狸一看到土地神在場就臉色大變。但是又不好意思掉頭就走，只好微微顫抖著來到樺樹面前。

「樺樹小姐，早安，旁邊這位是土地神吧。」狐狸穿著紅皮鞋與褐色風衣，依然戴著夏天的草帽，如此說道。

「我就是土地神。天氣真好，是吧？」土地神真的是滿心快活地這麼說。狐狸嫉妒得臉色鐵青，一邊對樺樹說：

「不好意思，打擾妳招待客人了。這是上次說好要給妳的書。至於望遠鏡，改天找個晴朗的夜晚再給妳看。再見。」

「哎呀，謝謝你。」樺樹說話時，狐狸也沒向土地神道別就已匆匆轉身準備離去。樺樹的臉色倏然蒼白，又開始簌簌顫抖。

土地神茫然呆立目送狐狸遠去，但狐狸的紅皮鞋倏然在草叢中一閃，把他嚇了一跳這才回過神，隨即腦袋一陣暈眩。狐狸看起來非常高傲地抬頭挺胸大步遠去。土地神的怒火頓時熊熊燃起。臉色也變得很黑。甚麼狗屁美學書籍又望遠鏡的，該死，你給我等著瞧！他猛然追著狐狸跑去。樺樹驚慌得所有枝椏都簌簌抖動，狐狸也察覺氣氛不對勁，漫不經心地轉頭向後看，這才赫然發現土地神黑壓壓的如一陣狂風暴雨追來了。狐狸當下臉色也變了，撇著嘴一陣風似地拔腿就跑。

土地神覺得周遭的草叢好像都化為白色火焰燃燒起來。就連晴朗的藍天也忽然變成暗穴，最深處呼呼有聲地燃起熾熱的紅色烈焰。

二人呼呼喘氣像火車一樣拼命跑。

「不行了，不行了，望遠鏡，望遠鏡，望遠鏡……」狐狸在腦海一隅拼命想著，如作夢般狂奔。

對面有個裸露紅土的小山丘。狐狸繞了一圈想鑽進山丘下的圓洞。然後就在他低頭準備衝進洞中，後腿稍微抬起時，土地神已經從後面猛然撲上來。下一瞬間，狐狸已被土地神抓著身子一扭，噘起嘴巴好像在笑似地就此在土地神手裡軟趴趴地垂下腦袋。

土地神立刻將狐狸扔到地下，死命踩了四、五下。

然後他突然鑽進狐狸的洞穴。裡面空蕩蕩的很黑暗，唯有紅土堆砌得很整齊。土地神張著大嘴，心情有點異樣地走出來。

接著他把手伸進橫屍在地的狐狸風衣口袋。那個口袋中只有二根褐色的鴨茅[9]草穗。土地神從剛才就張著的嘴巴，發出刺耳的聲音嚎啕大哭。

他的眼淚如雨水落在狐狸身上，狐狸終於癱軟著脖子微微一笑，就這麼斷了氣。

---

9 鴨茅（Dactylis glomerata），禾本科鴨茅屬多年生草本植物。當初日本自美國進口當作牧草，現在已成雜草。高約一公尺左右。

# 滑床山的熊

說到滑床山[1]的熊那才有意思呢。滑床山是座大山。淵澤川[2]就是源自滑床山。滑床山一年到頭多半都有寒冷的雲霧籠罩。周遭也都是宛如蒼黑色海參或海妖的山脈。山腰兀然出現一個大洞穴。淵澤川就是從那裡突然形成三百尺左右的瀑布，從檜樹和板屋楓的樹叢中轟然落下。

中山街道[3]最近已經杳無人跡所以長滿款冬與酸模，路上還圍著柵欄以免牛逃跑上山，但如果沿著這條路走上十二公里，對面那頭會傳來風吹過山頂般的聲音。仔細朝那邊看去，只見白色細長狀的不知名物體墜落山間發出冉冉煙霧。那是滑床山的大空瀑布[4]。古時這一帶據說有很多熊。但我其實沒有親眼見過滑床山也沒見過熊膽[5]。全都是道聽塗說或自己想像的。或許並不正確，

1 滑床山，豐澤川上游深山有山俗稱此名，但地圖上並未記載，迄今尚無法充分確定。
2 淵澤川，虛擬地名。可能是將豐澤川更改一字（或者設定為支流之一）。豐澤川源自青木森林西方，匯聚桂澤、出淵澤等溪流後東流，於花卷市注入北上川。現在中游有豐澤水庫（豐澤湖）。
3 中山街道，沿著於豐澤湖上游注入豐澤川的桂澤畔翻越中山嶺通往川舟的山路。
4 大空瀑布，位於桂澤上游源頭附近。中山嶺前方約一．七公里處。
5 熊膽，自古以來民間就認為熊膽治病有奇效，迄今仍很昂貴。

但我就是這麼想。總之滑床山的熊膽非常有名。

熊膽可治腹痛亦可療傷。鉛溫泉[6]的入口自古以來就豎著招牌標榜「內有滑床山熊膽」。所以熊在滑床山吐出紅舌越過山谷，小熊互相玩相撲最後扭打成一團都是確有其事。捕熊高手淵澤小十郎把牠們一一抓來了。

淵澤小十郎是個膚色黝黑粗糙的獨眼大叔，軀幹像小石臼那麼粗，厚實的大掌就像北島毘沙門菩薩[7]替人治病的手印。小十郎夏天就穿著菩提樹皮做成的簑衣，套上綁腿，帶著番人用的山刀和據說是從葡萄牙傳來的沉重大獵槍，牽著壯碩的黃狗在滑床山、紅葉笠溪谷、三叉口、鑿開山、狸穴森林、白澤之間縱橫穿梭。山間樹木多，因此溯谷而上時就像走在墨綠的隧道中，有時眼前倏然亮起綠色與金黃色，也有時日光灑落宛如遍地開花。而小十郎就像走在自家房間一樣悠然前行。領頭帶路的黃狗會跑過斷崖邊，撲通跳入水中，或者賣力游過混濁可怕的深淵，好不容易爬上對岸的岩石，豎起毛一陣抖動甩去水花後，皺著鼻子等待主人抵達。小十郎則是在膝蓋上方掀起一道猶如屏風的白浪，微微撇著嘴像圓規般拔起腳再踩下去，就這樣一步一步走來。這樣說或許太武斷，但滑床山一帶的熊都喜歡小十郎。最好的證據就是每當小十郎涉水越過山谷或經過谷岸長滿薊草的細長平地時，熊都會在高處默默目送。也有的熊會在樹上雙手抱著樹枝或在崖上屈膝而坐好奇地目送小十郎。熊似乎連小十郎的狗都喜歡。不過再怎麼說，熊都不太喜歡和小十郎當面碰個正著，因為黃狗會像火球一樣撲上來，小十郎也會雙眼閃著精光拿起獵槍對準熊。這時大部分的熊都會困擾地揮揮手拒絕被捕。但熊的個性也各不相同，有的脾氣壞就會咆哮著站起來，恨不得一腳踩扁黃狗，一邊朝小十郎伸出雙手撲過去。小十郎不慌不忙躲在樹後，瞄準熊胸口的月形白毛砰的一槍。熊發出響徹森林的吼聲立刻栽倒，汩汩吐出暗紅色鮮血，鼻子哼幾聲後就此斷氣。小十郎把獵槍靠在樹

6 鉛溫泉，豐澤川畔的花卷溫泉鄉從南邊算來有志戶平野、大澤，最深處就是鉛溫泉（繼續向北延伸還有西鉛、新鉛）。

7 北島毘沙門菩薩，以花卷東部猿石川畔的東和町成島的毘沙門天像為藍本。

幹上小心翼翼走到熊身旁說：

「熊，我可不是討厭你才殺死你喔。我也是為了養家糊口不得不開槍。我也做過其他不造殺孽的工作，可是我沒有田地，樹木都是官府的，如果離鄉背井誰也不會理我。所以我只好當獵人。你生而為熊是因果宿命，我做這種買賣也是因果宿命。喂，下輩子別再投胎當熊了。」

這時狗也瞇起眼睛垂頭喪氣地坐著。

畢竟在小十郎四十歲那年夏天全家罹患痢疾時，最後小十郎的兒子夫妻都死了，唯有這隻狗依然活蹦亂跳。

後來小十郎從懷中取出磨利的小刀，從熊的下顎劃過胸口直到腹部，一路割開熊皮。之後是我最厭惡的景象。但總之最後小十郎把火紅的熊膽放進背上的木箱，把沾了血變成一撮一撮的皮毛在谷中洗淨後捲成一團綁在背上，自己也有氣無力地走下山谷。

小十郎覺得自己甚至聽得懂熊語了。某年早春，山上樹木還沒有任何綠色時，小十郎就帶著狗一路爬上白澤。到了傍晚，小十郎想起去年夏天在通往拔海溪谷的山嶺搭了一座竹屋，於是繼續朝那邊攀爬，打算去那邊過夜。結果也不知怎麼搞的，小十郎竟然大失平日水準地走錯登山口。

他一再走下山谷又重新爬上去，黃狗也累壞了，小十郎也撇著嘴氣喘吁吁終於找到已經半塌的去年那座小屋。小十郎立刻想起地下有湧泉，向下方走了幾步後，他驚愕地發現一隻母熊帶著頂多只有一歲大的小熊，像人一樣把手搭在額頭眺望遠方，在雲淡風輕的初六月光中定睛望著對面山谷。小十郎懷疑那二隻熊的身後放射出光暈，呆站在原地看得目不轉睛。這時小熊撒嬌地說：

「那一定是雪啦，媽媽，因為只有山谷這頭變白。一定是雪啦，媽媽。」

母熊還在定睛望著對面，這時終於開口：

「不是雪，不可能只有那一塊下雪。」

小熊又說：

「大概是積雪殘留沒有融化吧。」

「不對，媽媽昨天去看薊草芽時才剛經過那裡。」

小十郎也一直看著那邊。

淡藍色的月光滑過山坡。照得那裡就像銀色盔甲般發亮。過了一會小熊說：

「如果不是雪那就是霜。一定是這樣。」

小十郎暗想：今晚真的會降霜喔。就連月亮附近的胃星[8]都那樣蒼白地打哆嗦，更何況月亮的顏色簡直像冰塊。

「媽媽知道了，那個啊，一定是辛夷[9]花。」

「搞甚麼，原來是辛夷花啊。那個我知道。」

「不，你還沒有見過。」

「我真的知道，我上次就摘過。」

「不對，那個不是辛夷花，你上次摘來的應該是梓樹[10]的花吧。」

「是嗎？」小熊裝傻地回答。小十郎不知怎地只覺得心情激盪，朝對面山谷白雪似的花海和目光下專心佇立的母子熊又瞄了一眼後，開始悄無聲息地偷偷偷退回原路。小十郎一邊祈求風不要往那邊吹一邊慢慢後退。鉤樟[11]的香氣伴隨月光倏然飄散。

不過說到這個豪邁的小十郎去城裡賣熊皮熊膽時的窩囊，實在太可憐了。

城裡有一家很大的雜貨店，陳列著笊籬、砂糖、磨刀石、金天狗花牌、變色龍商標的香菸，甚至連玻璃做的蒼蠅拍都有。小十郎揹著堆成小山似的毛皮一腳跨進店裡，店員就露出鄙薄的淺笑彷彿在說你怎麼又來了。店面旁邊的小

8 胃星，中國二十八星宿之一，西方七宿從北邊數來第三個。白羊座東部三五、三九、四十一號星形成的三角形，天之糧倉，是為胃臟。

9 辛夷（Magnolia kobus），古稱日黃櫻，木蘭科木蘭屬，落葉小喬木，早春開花，白色花瓣帶有淡淡的粉色。迄今北海道、盛岡、秋田等地的方言仍有此說法。但在岩手縣下閉伊郡，日黃櫻是指「大柄冬青」（Ilex macropoda），冬青科冬青屬，生於山地的落葉喬木，晚春開綠白花。

10 梓樹（Catalpa ovata），紫葳科梓屬，中國原產落葉喬木。初夏開黃花（花瓣邊緣淺白，中心是黃色）。莢果似豇豆。

11 鉤樟（Benzoin umbellatum），樟科鉤樟屬，生於山地的落葉灌木，枝葉芳香，可榨油做香水，亦可製成牙籤。

房間擺著大型青銅火盆，老闆安安穩穩坐著。

「老闆，上次謝謝你。」

在那山上威風如主人的小十郎，此刻把毛皮卸下，老實跪在地上行禮。

「噢，你好，今天有甚麼事？」

「我又送了一點熊皮來。」

「熊皮嗎？上次的還沒賣出去，今天就不用了。」

「老闆，別這麼說嘛，拜託買下吧。價錢低一點也不打緊。」

「就算再便宜我也不要。」老闆神色從容，淡定地拿煙管敲打手心。豪邁的山大王小十郎每次聽到他這麼說，就會憂愁地皺起苦瓜臉。畢竟小十郎那裡雖然山上有栗子，後面的小片田地也可以收成稗子，卻種不出稻米也沒有味噌，家中上有九十高齡的老人下有稚兒，要養活一家七口，哪怕是一點白米也得爭取。

鄉下雖然也產苧麻，但小十郎那裡除了勉強用藤蔓編容器，沒有任何作物可以織布。小十郎沉默片刻，啞聲又說：

「老闆，求求你。多少錢都行，拜託你買下吧。」小十郎說著不停鞠躬哈腰。

老闆沒吭聲，吞雲吐霧片刻後，掩飾臉上露出的一抹奸笑，這才說道：

「好吧。那就把貨留下吧。平助，給小十郎二圓。」

店裡的平助在小十郎面前放下四枚大銀幣。小十郎迫不及待地一把按住，笑呵呵地收下。這次老闆的心情看起來好多了。

「好，阿紀，給小十郎也倒杯酒。」

小十郎這時已經高興又興奮。老闆慢條斯理地高談闊論。小十郎畢恭畢敬報告山上的種種。不久廚房那邊稟報已經備妥飯菜。小十郎推辭了一下但最後還是被拉進廚房，於是他又老實地躬身行禮。

不久，放著鹽鮭魚生魚片及生醃魷魚內臟等菜色及一瓶酒的黑色小餐桌送來。

小十郎規矩坐下，把生醃魷魚內臟放在手背上伸舌一舔，喜孜孜地把黃酒倒進小酒杯。就算物價再怎麼低廉時，二塊熊皮才賣二圓任誰都會覺得太便宜。實際上也的確便宜，小十郎也知道這個價錢便宜得離譜。但小十郎為什麼非要賣給這種城裡的雜貨店，不能理直氣壯地賣給別人呢？這點大多數的人都想不透。但日本有一種狐拳，按照遊戲規則狐狸會輸給獵人，獵人輸給老闆。所以在這裡是熊輸給小十郎，小十郎輸給老闆。老闆待在城裡的眾人之中，所以不大可能被熊吃掉。但這種奸詐的傢伙隨著世界逐漸進步自然會消失。雖然只是短暫片刻，但我寫到那麼豪爽的小十郎被那種死都不想再看到的小人耍得團團轉的情節，連我自己都覺得很氣憤。

總之事情就是這樣，所以小十郎就算會殺熊也絕非是出於憎恨。不料，某年夏天發生了一樁怪事。

當時小十郎涉水走過山谷，爬上一塊岩石後，忽然看到近在眼前的樹上有隻大熊像貓一樣拱著背爬上去。小十郎立刻架起獵槍。黃狗也很興奮，跑到樹下繞著樹激動地跑來跑去。

這時樹上的熊停頓了一會，似乎在考慮是要撲向小十郎還是不做抵抗任由對方射擊，但熊忽然放開兩手從樹上跌落。小十郎不敢大意地舉著槍慢慢走近一看，熊高舉雙手大喊：

「你是為了甚麼要殺我？」

「噢，除了你的皮和膽，其他的我甚麼也不要。不過就算拿去城裡也賣不了多少錢，其實我真的不忍心殺你，可我也是被逼得沒法子。不過現在被你這麼一說，我忽然覺得算了，就算只能吃栗子或樹子[12]充飢甚至因此死掉了，我也心甘情願。」

「請你再等二年好嗎？我也不怕死，但我還有點事情沒做完，只要再等二年就好。到了第二年我會自動死在你家門前。到時候毛皮和胃袋都給你。」

12 樹子，即橡子。亦稱團栗。廣義而言是指山毛櫸科的樟、橡、櫟等樹的果實，也包括柏樹的果實。

小十郎心情很複雜，呆站著想了半天。熊就趁這機會把熊掌牢牢踩在地上慢吞吞地邁步離開。小十郎依然杵著發呆。熊好像很清楚小十郎已經不可能忽然從背後開槍，頭也不回地慢吞吞走了。熊寬闊的暗紅色背脊隨著樹梢灑落的陽光倏然發亮時，小十郎才悲傷地嗚嗚哀嘆兩聲就此越過溪谷打道回府。之後正好在第二年的某個早晨，小十郎怕風太大會把樹木和籬笆吹倒，於是出門查看，只見檜木籬笆好端端地一如往常，可是下方卻躺著以前見過的那隻暗紅色大熊。眼看已到了第二年，他本來還在擔心那頭熊會不會來，所以這時不禁嚇了一跳。走近一看，的確就是上次那隻熊，已經口吐鮮血不會動了。小十郎不由得合掌膜拜。

一月的某日。小十郎清早出門時，說出從未說過的話。

「娘，我也老了，今早頭一次覺得不太想下水。」

坐在簷廊陽光下紡紗的九十高齡老母，抬起已經看不清東西的眼睛看了小十郎一下，露出似哭似笑的表情。小十郎綁好草鞋的鞋帶嘿咻一聲站起來出門。孩子們輪番從馬廄前探出小臉笑著說，「爺爺，你一早要出門啦。」小十郎仰望蔚藍無雲的晴空，然後扭頭對孫子們說，「那我走了。」

小十郎踩著凍得硬實的白雪朝白澤那邊攀登。狗已經氣喘吁吁吐出紅舌頭跑跑停停。不久小十郎的影子沉入山丘彼方再也看不見了，孩子們拿稗草稈圍成框框玩遊戲。

小十郎沿著白澤西岸上行。溪水時而碧綠如深潭時而凍結如玻璃板，無數根冰柱如念珠懸垂，兩岸或紅或黃的衛矛果實探頭好似繁花綻放。小十郎看著自己和狗的影子閃閃爍爍伴隨樺樹的影子在雪地落下清晰的藍色影子，一邊繼續向上走。

從白澤越過一座山峰後住著一頭大熊，那是他在夏天就發現的。

小十郎越過五條流入溪谷的小支流，一次又一次忽左忽右地涉水溯溪而上。最後走到一個小瀑布。小十郎從那瀑布正下方開始攀爬岩壁。白雪皚皚彷彿在燃燒，小十郎覺得好像戴上了紫色眼鏡但他繼續攀爬。狗似乎也不肯對這種山崖低頭認輸，雖然屢屢滑落還是緊巴著雪努力爬上去。總算爬到崖頂時，眼前零星生著栗樹是個非常徐緩的斜坡，白雪如寒水石晶瑩閃爍，在周遭形成高高的雪牆。小十郎在那頂上休息時，狗突然像著火似地跳起來吠叫。小十郎吃驚地向後看，只見夏天盯上的那頭大熊，用後腿站起來朝他撲來。

小十郎從容不迫地站穩舉槍。熊抬起木棒似的雙手筆直衝來。就連身經百戰的小十郎這時不禁也變了臉色。

小十郎聽見獵槍發出砰的一聲。但熊並未倒下，反而如狂風般黑壓壓地當頭撲來。狗也咬住熊腿。這時小十郎只覺得腦袋轟然作響，周遭變成整片蔚藍。然後他聽到遠處有個聲音這麼說：

「噢噢，小十郎，我不是故意要殺你。」

小十郎想，我已經死了。然後他看到眼前整片閃閃爍爍宛如藍色星子的光芒。

「這就是死掉的證明。是死亡的時候會看見的火光。熊啊，原諒我吧。」小十郎想。之後小十郎有何感想我就不得而知了。

總之他死後的第三天晚上。冰珠似的月亮高掛天上。積雪蒼白明亮，水面發出磷光。昴星與參星[13]閃爍綠光與橙光彷彿在呼吸。

栗樹與皚皚白雪的群峰圍繞的山頂平地上，許多黑色的大型生物圍成一圈，各自拖著黑影彷彿回教徒禱告時那樣匍匐在雪地上久久不動。藉著雪光和月光可以看見，小十郎的遺體被放在最高處好似半坐半躺。

不知是否錯覺，小十郎已死去凍僵的臉孔仍如生前那樣鮮活靈動，甚至好像在笑。而那些黑色的大傢伙直到參星升至中天乃至星子西斜，依然像化石一樣文風不動。

13 昴星與參星，同樣屬於中國的二十八星宿。昴星等於金牛座的昴宿星團（Pleiades）。參星位於西方七宿南端，等於獵戶座，因星座形似「參」這個字而得名。

# 要求特別多的餐廳

## 尋回失落初心的澄淨原野，宮澤賢治經典短篇集

作　　者　宮澤賢治
譯　　者　劉子倩
主　　編　林玟萱

總 編 輯　李映慧
執 行 長　陳旭華（steve@bookrep.com.tw）

社　　長　郭重興
發 行 人　曾大福
出　　版　大牌出版／遠足文化事業股份有限公司
發　　行　遠足文化事業股份有限公司
地　　址　23141 新北市新店區民權路 108-2 號 9 樓
電　　話　+886- 2- 2218 1417
傳　　真　+886- 2- 8667 1851

封面設計　許晉維
封面插畫　葉懿瑩
內頁插畫　葉懿瑩
排　　版　新鑫電腦排版工作室
印　　製　成陽印刷股份有限公司
法律顧問　華洋法律事務所　蘇文生律師

定　　價　360 元
一　　版　2018 年 11 月
二　　版　2023 年 06 月


電子書 E-ISBN
9786267305508 ( PDF )
9786267305515 ( EPUB )

國家圖書館出版品預行編目資料

要求特別多的餐廳：尋回失落初心的澄淨原野，宮澤賢治經典短篇集 / 宮澤賢治 著 ; 劉子倩 譯 . -- 二版 . -- 新北市 : 大牌出版 , 遠足文化發行 , 2023.06
330 面 ; 14.8×21 公分
譯自：注文の多い料理店
ISBN 978-626-7305-31-7 ( 平裝 )

861.57　　112007072